Raphaëla

Édition : BoD · Books on Demand, 31 avenue Saint-Rémy,
57600 Forbach, bod@bod.fr
Impression : Libri Plureos GmbH, Friedensallee 273, 22763 Hamburg
(Allemagne)
Dépôt légal : Mai 2025

ISBN: 979-1-0947-0204-8 — © Vanessa Lenot — édition Mai 2019

Dédicace

Elles saisons 1 & 2

Prochainement

Le choix d'une vie

« Si je venais à te perdre, je n'aurais peut-être pas le courage de me tuer physiquement, mais mentalement je serais réduite à néant. »

Vous vous demandez sûrement ce que je fais dans ce bar à attendre seule depuis une heure ?

Croyez-moi, c'est une longue histoire et je ne sais pas comment elle se terminera... Vous voulez que je vous raconte ? Alors allons-y, peut-être que cela fera passer le temps en l'attendant...

Tout a commencé il y a maintenant un an et demi, une de mes amies fêtait la signature de son CDI et pour l'occasion, on s'était donné rendez-vous dans un pub sur Paris à 21 heures avec quelques copines.

À cette époque, je ressemblais encore à quelque chose... Brune aux yeux verts, 1 m 60, mon 95 C ainsi que mon regard de braise en faisaient fondre plus d'un. Lors de cette soirée, les cocktails se sont enchaînés si bien que plus aucune once de timidité ne m'habitait.

En dansant sur la piste, j'ai senti quelqu'un derrière moi. En me retournant, je suis tombée face à deux yeux d'un bleu brûlant, la température est montée d'un cran. Ses cheveux bruns coupés court et son sourire en coin lui donnaient un air mystérieux à fondre sur place.

Portés par la musique, nos corps ont ondulé en rythme, les yeux fixés l'un à l'autre, la tension sexuelle était à son maximum.

Mais notre bulle a été percé par un de ses amis venu lui murmurer quelque chose à l'oreille. Il m'a alors demandé de l'excuser, car il était attendu. Un clin d'œil, un sourire et il a disparu, tel un mirage me laissant encore toute chamboulée par cette rencontre. J'ai cherché mon mystérieux inconnu des yeux, mais en vain, il n'était plus là.

J'ai alors rejoint les filles qui s'apprêtaient à partir. Au moment où j'allais pour passer la porte, un des serveurs est arrivé à ma hauteur et m'a glissé un bout de papier dans la main avant de disparaître lui aussi.

Je suis désolé d'avoir dû écourter ce moment
Jonathan

Son numéro marqué en dessous. Mon cœur a palpité plus fort dans ma poitrine !

J'ai mis une bonne semaine avant de me décider à lui envoyer un message, une semaine de trop malheureusement.

Il m'a répondu quelques heures plus tard et nous avons discuté par texto toute la nuit.

Il était sur Paris en vacances, mais il avait dû rentrer depuis. Il m'a avoué être retourné deux fois dans ce pub en espérant m'y recroiser. Le serveur qui m'avait donné son numéro était un ami à lui, mais sans nouvelles de ma part il s'était demandé si le message était bien passé.

Il m'a appris avoir déménagé de Paris pour le Sud, quatre ans plus tôt, mais ne remontait que très peu sur la capitale.

Huit mois, c'est le temps que nous avons passé à discuter, que ce soit par téléphone, par texto ou même par Skype. On s'était trouvé des tonnes de points communs et l'attirance était plus qu'évidente. J'étais devenue sa « princesse ».

L'attente de le revoir devenait dur à gérer.

Jusqu'à ce fameux mardi où il m'a annoncé sa venue deux semaines plus tard.

Il regrettait de ne pas pouvoir monter plus que sept jours, mais c'était déjà un bon début pour voir si nos affinités virtuelles étaient aussi intenses une fois ensemble.

On avait convenu de se voir le samedi de son arrivée mais il a dû annuler, la route l'ayant trop fatigué.

Sans voiture, c'est en RER que j'ai dû me rendre à notre rendez-vous, il m'attendait à la sortie de la gare.

Le voir m'avait mis des papillons dans le ventre. Ne sachant pas si je devais l'embrasser ou non, c'est tout près de sa bouche que j'ai déposé un baiser. Il me répondit avec son magnifique sourire en coin

que j'aimais tant voir quand nous discutions via Skype.

Pour notre premier « rendez-vous », il m'a emmenée dans un parc qu'il connaissait, on a eu la chance qu'il soit complètement désert. On s'est allongé, plongeant dans cette *bulle* ou rien à part nous, n'existait.

On a discuté de tout et de rien un peu intimidé par la situation certainement, puis le silence s'est fait, nos regards ne se quittaient pas, mes yeux passaient des siens à sa bouche, jusqu'au moment où elles se sont effleurées puis rencontrées.

Un premier baiser doux, sensuel, ses lèvres sucrées et chaudes épousaient les miennes. Il a glissé la main derrière ma nuque, afin que nos corps soient plus proches, et forcé le barrage de mes dents pour aller chercher ma langue. Il l'a trouvée, on s'est embrassé avec fougue et passion.

Nos corps pourtant collés l'un à l'autre souffraient de ne pas pouvoir être encore plus proches. L'attente de ce moment le rendait encore plus magique. C'est dans ses bras et sur mon petit nuage que la journée s'est achevée.

Ne pouvant dormir ni chez ses parents ni chez moi car je dépannais une amie pour quelque temps, il m'a proposé de nous réserver un hôtel pour le mercredi soir, ma réponse a tout de suite été oui.

Cette soirée-là a été parfaite ! On s'est retrouvé après mon travail sur Paris. Il m'a d'abord emmenée dîner sur une péniche, jamais je n'avais vécu de moment aussi romantique. Paris la nuit en sa compagnie m'apparaissait comme un conte de fées entre ses lumières et son ambiance.

Une fois le dîner terminé, nous nous sommes promenés puis nous sommes rentrés à l'hôtel situé dans une toute petite rue non loin de Notre Dame.

Cette toute première nuit a été encore mieux que dans mes rêves, il m'a fait l'amour comme personne, son corps était en parfaite harmonie avec le mien. Ses mains me caressant, sa langue jouant avec mon clitoris m'ont fait monter au septième ciel au moins deux fois, et je l'ai senti dans le même état quand est venue mon tour de jouer avec lui et que ma bouche l'a prise de tout son long dans une valse de va-et-vient sensuel.

Au moment où il m'a pénétrée, j'ai senti son sexe épouser le mien à la perfection, ce qui décuplait les sensations, mon corps tremblait, le sentir ainsi en moi me portait dans une tout autre dimension. Si au début, nos corps se faisaient timides, il n'en était plus rien ensuite...

Nous avons fait l'amour toute la nuit (avec des pauses, je vous rassure) et n'avons dormi que deux heures. Le lendemain, je me suis fait porter malade au travail jusqu'au lundi d'après afin de pouvoir rester avec lui.

Nous avons partagé nos nuits le reste de la semaine dans cet hôtel, et à chacune d'entre elles nos corps s'apprivoisaient un peu plus. Jamais je n'avais ressenti de telles choses auparavant. Nous étions comme deux aimants incapables de se séparer.

J'avais l'impression de vivre un rêve mais comme dans tout rêve, il a fallu un retour à la réalité. La perspective de le savoir loin de moi me faisait peur. Il est bien connu que les relations longues distances ne fonctionnent pas.

Au moment de nous dire au revoir, il m'a demandé comment je voyais notre avenir et la seule réponse qui m'est venue à l'esprit, c'est de lui dire qu'on avait chacun nos vies et que l'on ne pouvait pas se projeter, seul l'avenir nous dirait comment les choses évolueraient. Il a semblé déçu, peut-être s'attendait-il à ce que je lui promette fidélité ou que je lui dise qu'il n'y aurait que lui et que je voulais voir notre relation être plus sérieuse malgré la distance qui nous sépare. J'avoue que ma réponse m'a étonnée, la peur de souffrir m'a guidée, mais c'est mon cœur que j'aurais dû écouter. Seulement à ce moment-là, je ne pouvais pas me douter de ce qui arriverait.

Après m'avoir serrée une dernière fois dans ses bras et donné un dernier baiser, il est monté dans sa voiture et il est parti. C'est à ce moment-là que j'ai senti mon cœur se déchirer, que les larmes ont coulé et que mes sentiments se sont révélés. J'étais tombée amoureuse de lui et j'avais loupé la seule occasion de le lui dire en face par peur. Je n'espérais qu'une chose, que ses sentiments soient réciproques et qu'il m'attende. À ce moment précis, je me sentais prête à tout quitter pour nous et il fallait que je lui dise, que je lui parle.

Je pensais recevoir un message de lui à son arrivée, mais je n'ai rien eu. Pensant qu'il était fatigué du trajet, j'ai attendu le lendemain, mais toujours rien. Alors paniquée à l'idée qu'il lui soit arrivé un accident de la route, je l'ai appelé, mais aucune réponse. Ce n'est que tard dans la journée que j'ai reçu un texto :

Bien arrivé pas eu le temps dsl

Son message un peu froid m'a blessée, mais j'ai pensé que peut-être il était au boulot et qu'en revenant de vacances, il devait avoir plein de choses en retard.

Au cours du mois suivant, les messages se sont estompés. J'avais beau essayer de lancer la discussion, il n'y avait rien à faire, plus de « ma princesse » ni de « bisous » le soir. En sentant que je le perdais, ma vie se brisait un peu plus chaque jour. J'ai alors décidé de lui ouvrir mon cœur et de lui dire tout ce que je ressentais en pensant que peut-être, tout redeviendrait comme avant.

Je lui ai écrit le message le plus long de ma vie. Je lui ai confié mes peurs, mes doutes mais surtout je lui ai avoué à quel point je l'aimais et, que s'il me le demandait, je serais prête à tout quitter pour le rejoindre.

Je me suis mise à nue et lui ai offert mon âme. Je lui ai dit à quel point son changement de comportement en un mois de temps me blessait. Je n'avais jamais offert mon cœur à quelqu'un. Il était le premier à me faire ressentir de telles choses. Mais là où toute personne normale aurait répondu, mon portable est resté silencieux. J'ai essayé de me convaincre qu'il n'avait tout simplement pas le temps.

Pour m'occuper l'esprit en attendant et dans un élan de curiosité aussi, j'ai été sur Facebook pour chercher son profil, avec toutes nos conversations Skype, nos textos et appels, on n'avait jamais eu l'idée de s'ajouter en amis.

Il ne m'a pas fallu longtemps pour le trouver. Il était là devant moi sur l'écran tout sourire avec ses amis. En regardant la date de la publication, j'ai vu qu'elle avait été postée il y a quelques jours, il n'était donc pas si débordé que ça !

Lui, l'air épanoui pendant que moi, je dépérissais un peu plus chaque jour de son absence.

Je ne demandais qu'une chose, une réponse, une explication, le retrouver. En parcourant ses photos, j'en ai vu plusieurs avec une fille, toujours la même et beaucoup trop proche de « mon » mec. Moi qui n'ai jamais été jalouse, je commençais à découvrir ce sentiment. Qui était-elle ? Pourquoi était-elle si souvent sur ses photos depuis une quinzaine de jours ? J'ai tenté de me raisonner en me disant que c'était peut-être quelqu'un de sa famille, mais mon instinct n'y croyait pas.

Le soir venu, espérant qu'il ne l'avait peut-être pas reçu, je lui ai renvoyé (merci les copier-coller de l'iPhone), et j'ai enfin obtenu une réponse où il disait ne pas avoir une minute à lui depuis son retour et qu'il ne comprenait pas pourquoi je ne lui avais pas avoué mes sentiments avant. Mais avant quoi !? Je lui ai expliqué que je n'en avais pris conscience qu'à son départ et qu'il ne m'avait laissé aucune opportunité de lui dire par la distance qu'il mettait entre nous et que je ne comprenais pas d'ailleurs... Avais-je fait ou dit quelque chose de mal ? Mais encore une fois, il n'a pas répondu.

Les deux mois suivants, je n'ai eu le droit qu'à quelques messages banals :

Bonjour toi, comment ça va ?

Ou encore

Désolé je suis débordé, mais je ne t'oublie pas.

Mon cœur était en miettes, il me manquait et j'en perdais la raison. J'attendais continuellement un message ou un appel pour me dire que lui aussi, il m'aimait. Je regardais en boucles les photos de notre semaine si « *lointaine* » tout à coup. Je relisais sans cesse les messages que l'on s'envoyait. Ma vie n'avait plus de sens, je broyais du noir.

Le coup de grâce m'a été porté, un mois plus tard. J'avais pour habitude d'aller voir son Facebook régulièrement. Ses messages toujours brefs et distants, c'était une façon de le garder encore un peu avec moi. Ce jour-là, une nouvelle photo avait été posté quelques heures auparavant. Lui et cette fille, enlacés. Elle avait les yeux humides, ils souriaient, sa main était en évidence avec une magnifique bague à

l'annulaire. En regardant les commentaires, j'ai tout de suite compris et le monde s'est effondré.

J'ai pleuré toutes les larmes de mon corps. Ne voulant pas y croire, je l'ai appelé sans relâche mais il n'a jamais répondu. J'ai fini par lui laisser un message sur son répondeur lui demandant des explications : qui était cette fille ? Pourquoi avait-elle cette bague ? Depuis quand était-il avec elle ?

Le soir, j'ai juste eu droit à un message me demandant de ne plus l'appeler et de l'oublier, précisant que l'on s'était bien éclaté mais que j'avais laissé passer ma chance et que son cœur appartenait désormais à Lucile. Je connaissais maintenant le nom de cette garce qui m'avait volé l'amour de ma vie.

Les semaines qui ont suivi, je les ai passées enfermer à pleurer en regardant nos photos.

À cause de mes absences répétées, de mon manque d'investissement le peu de fois où j'étais présente, ma patronne m'a virée.

Mes « *amies* » si je peux encore les appeler comme ça, lassées que je refuse systématiquement les sorties proposées et que je broie du noir se sont éloignées peu à peu, me laissant seule dans ma déprime. Mais ça m'était égal, ce que je voulais, c'était lui et personne d'autre.

J'ai continué ma longue descente aux enfers, je ne mangeais plus et des idées noires commençaient à germer dans ma tête. Je regardais constamment

cette photo, d'elle et lui heureux et, je la haïssais de m'avoir volé mon bonheur.

Après trois mois de retard et des dizaines de lettres de relance, mon proprio m'a annoncé que je devais rendre l'appartement sous trois semaines, et encore il me faisait une « fleur » en me laissant le temps de me retourner.

Après avoir perdu l'homme que j'aimais, mes amies et mon travail, j'allais devoir retourner chez mes parents qui soit dit en passant ne m'avaient donné aucune nouvelle depuis le début de leur périple autour du globe, il y a quelques mois. Eux et moi, c'est comme l'eau et le feu, incompatibles ; alors, retourner vivre chez eux, faire face à leur jugement, leur regard, leur mépris… Je ne sais pas si j'en aurais la force.

Quelques jours plus tard, en regardant pour la dix millième fois le profil Facebook de Jonathan, un message de lui en mode public a été posté : «

Go to Paris J-7 .

Il allait venir ! J'apercevais là, ma dernière chance de le revoir et de lui redire mes sentiments,

il fallait qu'il prenne conscience des siens.

Cette fille n'était rien pour lui et je saurais lui pardonner cet écart. En me revoyant rien qu'une fois, tout s'éclaircirait pour lui, la magie de notre semaine passée ensemble et nos huit mois de discussions ne pouvaient pas s'arrêter comme ça. Il avait eu peur de la distance mais celle-ci ne nous poserait plus de problème car je viendrais vivre avec lui, plus rien ne me retenait ici...

Je lui ai alors envoyé un texto pour lui demander de m'accorder une soirée, une seule, juste lui et moi pour discuter et il m'a aussitôt répondu qu'il était d'accord.

Le rendez-vous était pris le mardi soir de sa venue dans le bar de notre hôtel pour 19 heures.

Une vie sans lui ne valait pas d'être vécue, s'il venait à me repousser, je savais que je ne le supporterais pas, c'était mon ultime chance pour le reconquérir sans quoi je mettrais un terme à cette souffrance invivable, un terme à une vie qui partait en lambeaux. Je n'étais plus qu'une enveloppe corporelle, mon cœur et mon âme désertaient mon corps jour après jour. Ma vie ne tenait plus qu'à ce rendez-vous.

Voilà comment je me suis retrouvée ici à attendre depuis une heure. Oh ! Il n'est pas en retard non, c'est moi qui suis arrivée en avance. J'ai passé l'après-midi à essayer d'être la plus séduisante possible, maquillage, coiffure... Même si avec les kilos que j'ai perdus pendant ces mois de déprime, ma robe bâille un peu, j'ai mis toutes les chances de mon côté. Je sais qu'il ne résistera pas, c'est d'ailleurs pour cela que j'ai réservé notre chambre. Ce soir, elle abritera nos retrouvailles.

Ça y est, il est là, à l'heure... En l'apercevant, mon cœur manque un battement. Il a son pantalon noir à pinces qui lui fait des fesses à tomber et une chemise blanche ouverte sur son torse, dévoilant le haut de son petit duvet. Ses cheveux sont un peu plus longs que la dernière fois, mais ne cachent pas son magnifique regard. Il s'approche de moi, les yeux pétillants et son sourire en coin, je lui plais, je le sais !

Ne sachant pas si je dois l'embrasser, lui sauter au cou ou juste lui faire la bise, je le laisse faire le premier pas. Il vient me déposer un baiser au coin des lèvres comme moi la première fois où l'on s'est vu,

les effluves de son parfum embaument la pièce et à cet instant ma vie reprend enfin un sens. Il est cette pièce manquante à mon bonheur, je le comprends.

On s'assoit l'un en face de l'autre et l'espace d'un instant, je me perds dans le bleu de ses yeux. J'ai l'impression d'effectuer un retour en arrière d'un an. Sa main vient prendre la mienne, il joue avec, l'effleure doucement mais le silence qui s'installe entre nous s'éternise comme pour ne pas briser ce moment de retrouvailles, nous sommes l'un avec l'autre et c'est tout ce qui compte.

Notre bulle se brise à l'arrivée du serveur pour prendre notre commande. Il prend un café et moi un Coca-Cola. Il me fixe, sa main toujours à caresser la mienne, il se décide enfin à parler, une fois nos boissons sur la table.

Ses premiers mots sont pour s'excuser du mal qu'il m'a fait et que je lui ai énormément manqué. Il n'en faut pas moins à mon cœur pour se remettre à battre à tout va. Il m'avoue qu'il a éprouvé des sentiments vraiment très forts pour moi, mais que ma réponse le jour de son départ lui ont fait l'effet d'une douche froide et qu'il ne se voyait pas commencer une relation amoureuse avec une femme qui dès la première épreuve ne lui donnait même pas un tout petit espoir quant au fait qu'elle l'attendrait. Avant que je n'aie le temps de répondre, il enchaîne aussitôt sur Lucile, rencontrée peu de temps avant de venir sur Paris. Entre eux, le courant était passé, mais au

vu de nos mois de discussions et de notre affinité, il n'avait rien commencé avec elle, seulement une fois rentré chez lui, elle était là et moi, non. Il ne savait plus où il en était et a avoué avoir choisi la facilité avec elle, même si ses sentiments pour moi étaient toujours là.

Ensuite, tout a été très vite, il pensait que je l'oublierais, elle s'est retrouvée à la rue, car ses parents déménageaient, il lui a alors proposé de venir vivre chez lui et le reste s'est fait naturellement.

Pendant tout son discours, je n'ai pas ouvert la bouche, je l'ai écouté ne sachant quoi penser. Le peu d'espoir qui m'était revenu à son arrivée commence à s'évanouir. Nous reste-t-il seulement une chance de tout recommencer ?

À cette question, il me répond que dorénavant sa vie est avec Lucile même si j'ai toujours une place dans son cœur. Me revoir lui fait quelque chose, il se rend compte que je lui ai manqué plus qu›il ne l›imaginait mais il ne reviendra pas en arrière. Tout mon univers s'effondre à nouveau, mais au moment où je pense être au plus bas, il me dit :

— Mais si tu veux, on peut coucher ensemble une dernière fois. Tu me ferais un joli cadeau d'enterrement de vie de garçon, c'est la raison de ma venue ce week-end. Je ferais en sorte que tu t'en souviennes longtemps. Et puis... (il hésite) Ton cul m'a manqué.

Cette phrase met quelques secondes à arriver à

mon cerveau embrouillé, je le regarde complètement perdue et ma main part toute seule. Je lui mets une gifle énorme avant de lui balancer mon verre en pleine figure.

Je sens que j'étouffe, il faut que je sorte, que je prenne l'air. Je pars de cet hôtel sans même un dernier regard pour lui, mes larmes coulent toutes seules.

C'est fini… Tout est fini…

Cet espoir d'une vie partagée, d'un amour commun, il n'y a plus rien, à part le vide.

J'allume mon téléphone, mets mes écouteurs et lance une musique au hasard.

Les premières notes de Sophie Tith démarrent. Une reprise de Kyo « je saigne encore », quelle ironie… !

Elle a le droit de poser ses mains sur ton corps
Elle a le droit de respirer ton odeur
Elle a même droit aux regards qui la rendent plus forte
Et moi la chaleur de ta voix dans le cœur
Et ça fait mal, crois-moi, une lame enfoncée loin dans mon âme
Regarde en toi, même pas l´ombre d´une larme
Et je saigne encore, je souris à la mort.

Sans savoir comment je me retrouve sur un pont, la Seine sous moi m'attire comme un aimant, cette

eau noire qui m'appelle telle une sirène.

La voilà, la solution.

C'est décidé, ce soir, ma souffrance va prendre fin...

Bonus

J'ai longtemps hésité avant de venir, je ne savais pas si ce serait une bonne idée, mais l'envie de te voir était devenue comme vitale. Oui, je sais, le mot n'est peut-être pas bien choisi, bref me voilà et maintenant que je suis devant toi je ne sais même plus par où commencer tellement j'ai de choses à te dire.

Dès le premier regard dans ce pub, tu m'as hypnotisé, je n'ai eu qu'une envie ensuite, te revoir ; alors quand tu m'as enfin envoyé ce premier message, j'ai souri comme un con face à mon téléphone.

Ces huit mois passés à discuter, notre semaine ensemble, tout ça a était parfait. Tellement parfait que j'ai pris peur. Oh, je sais ce que tu penses, je ne suis qu'un lâche, je l'admets. Me justifier en prétextant ton explication, le jour de mon départ était minable. Je n'ai juste pas eu le cran d'assumer une relation à distance aussi belle soit-elle, en choisissant Lucile, c'est la facilité que j'ai prise. Je l'aimais bien, et elle était là à mes côtés, alors que toi, tu étais à des centaines de kilomètres. Je t'imaginais sortir avec tes amies, te faire draguer rien que d'y penser ça m'a rendu dingue alors j'ai pris mes distances et ce, malgré tes messages que je ne lisais pas forcément, entre le taf qui me prenait beaucoup de temps, les potes et Lucile que je voyais quasiment tous les jours...

Quand je suis entré dans le bar de l'hôtel, tout m'est revenu en pleine face, nos discussions, nos moments ensemble, tous ses détails que j'avais volontairement mis de côté pour ne pas y penser. Quand je suis entré, tu ne m'as pas vu tout de suite, tu avais l'air tellement pensive, triste mais au moment où tu as regardé dans ma direction, j'ai retrouvé la Raphaëla que je connaissais, ton regard s'est mis soudain à pétiller de nouveau. Te revoir m'a fait l'effet d'une bombe, jamais pendant tous ces mois loin de toi je n'avais ressenti ce sentiment qui m'a envahi à l'instant même où j'ai replongé mes yeux dans les tiens. Demander Lucile en mariage, c'était comme me prouver que je pouvais passer à autre chose, mais tu as tout fait voler en éclats à cet instant précis.

J'ai bien vu que quelque chose avait changé, tu avais maigri, malgré ton sourire, je voyais la douleur dans tes yeux, ton visage était marqué. Mais au lieu de te dire tout ce que j'avais sur le cœur, au lieu de te dire à quel point j'avais été con, je n'ai rien trouvé de mieux que de me défiler, affirmant que ma vie était avec elle. Inconsciemment, j'espérais peut-être que tu essaierais de me récupérer, que tu me dises que tu m'aimais toujours. Mais tu n'as pas décroché un mot, pendant tout le temps où j'ai parlé, tu es restée silencieuse à me regarder.

Te proposer de recoucher ensemble n'était sûrement pas la meilleure façon de te dire que je voulais être avec toi, et encore moins en exprimant que ton cul m'avait manqué même si au fond, ce n'était pas totalement faux. C'était surtout une manière de masquer ma gêne par l'humour. Alors quand tu es partie en m'envoyant ton verre en pleine figure, j'ai compris que tu ne l'avais pas pris comme je l'espérais. J'ai voulu te rattraper, mais le serveur m'a couru après pour que je paie la note, le temps de lui balancer les sous et de sortir, tu n'étais plus là. Sans savoir dans quelle direction tu étais partie, je suis rentré. Je t'ai appelé pour m'excuser et clarifier les choses le lendemain, mais tu n'as jamais répondu. Je suis tombé inlassablement sur ton répondeur. Quand à la fin de la semaine j'ai vu que tu ne rappelais toujours pas, je suis rentré dans le sud, Lucile a bien vu que quelque chose n'allait pas, mais elle n'a pas posé de questions. À plusieurs reprises, j'ai voulu lui dire que tout était fini, mais encore une fois, je n'ai pas été au bout des choses.

Le 12 novembre une lettre est arrivée, c'est elle qui l'a ouverte, elle l'a lue et me l'a tendue. Quand j'ai pris connaissance des quelques lignes et vu le faire-part, j'ai d'abord cru à un canular, une façon de te venger. Lucile m'a bombardé de questions sur toi, sur nous, sur ce rendez-vous, j'ai répondu à chacune d'entre elles sans mentir. Le soir même, elle quittait la maison et moi j'essayais de te joindre, mais au lieu de tomber sur le répondeur, un message m'a annoncé que le numéro n'était plus disponible. J'ai foncé sur l'ordi et j'ai cherché le numéro de tes parents, c'est ton père qui m'a répondu. Quand je lui ai demandé s'il savait où je pourrais te joindre, il y a eu un silence. J'ai d'abord cru qu'il avait raccroché, mais je pouvais entendre sa respiration. Puis lorsqu'il a prononcé ton prénom d'une voix tremblante qui dissimulait des sanglots, j'ai compris. J'ai cru que mon cœur allait s'arrêter de battre, ce n'était pas une farce ni une vengeance, tu étais bien partie.

À cause de ma lâcheté, de ma stupidité, je t'ai perdue. Si seulement ce soir-là, j'avais su trouver les mots. Si seulement, je t'avais cherchée au lieu de rentrer. L'idée que j'aurais pu te sauver, que l'on aurait pu être heureux m'a hanté pendant des semaines, des mois. Je suis tellement désolé, Raphaëla. Je sais que j'ai mis du temps avant de venir, mais l'idée de voir ton nom gravé sur le marbre m'était impossible à accepter. Ça fait un an aujourd'hui que tu es partie. Je ne sais pas si un jour j'arriverais à aller mieux ni même si tu m'entends de là où tu es, mais je voulais que tu saches tout ça, j'avais besoin de te dire au moins une fois que même si je n'ai pas su l'exprimer ni le montrer, je t'ai aimée et je t'aime toujours.

Dépôt légal : Mai 2019
ISBN : 979-1-0947-0204-8

Composition et mise en page réalisées

avec l'aide de WriteControl.app

Hvo intet vover – intet vinder...

Indledning og Forord

Novellen kalder på kvinder i alderen 25-75, der er nysgerrige på, at læse sig langsomt ind i en erotisk novelle.

Et stykke inde i novellen opdeles den i en Softcore eller en Hardcore version, hvor læseren selv vælger vejen. Det er muligt at springe fra den ene version til den anden, uden at man går glip af andet end det der nu måtte stå i hhv. den bløde eller den noget mere slemme version.

Novellen drejer rundt om 3 personer Lise, Laila og Jørgen.
Som de gennemgående personer møder de 3 hinanden ved at Lise er skolelærer i en københavnsk folkeskole, og med sin klasse er hun en af de deltagende lærere, under en lejrskole på Bornholm.

Laila og Jørgen ejer lejrskolen, som er omdrejningspunktet for de første kapitler af bogen.

Lise bor i København og i sin fritid er Lise kunstner.
Lise inviterer Laila og Jørgen til at besøge sig i København.

Besøget i København bringer Laila, Jørgen og hende selv, noget tættere sammen, hvilket der lidt er lagt op til, ved det at novellen er erotisk.

Egentlig sigtes der ikke mod andet end situationer, der kan opstå når mennesker er sammen.

I novellen sættes der bare lidt mere ord på det, som der foregår i fantasien hos mange mennesker.
Der kommer efterfølgere, der bringer læseren videre ud i sexuniversets både lyse og mørke sider.

Steen Frandsen

Hvo intet vover - intet vinder...

Version 04.2025

En særlig tak til:

Tak til Janice Kinnear for lån af finurlige figurer.
https://www.janice-k.dk/

Bøger af samme forfatter:

- Falck - 36 år på godt og på ondt. Management by Fear.
- Bornholm - Skal vi emigrere ?

Redaktion: Steen Frandsen
Korrekturlæsning: Steen Frandsen

Forlag: BoD · Books on Demand, Strandvejen 100, 2900 Hellerup, bod@bod.dk

Tryk: Libri Plureos GmbH, Friedensallee 273, 22763 Hamborg, Tyskland

ISBN: 978-87-7145-791-9

Indholdsfortegnelse

1. Sommeren er på vej.

Sommeren var så småt på vej, og den kunne mærkes ved, at der var mere sol, og en smule mere varme.
Den stærke varme lod vente lidt på sig, vandet omkring øen var stadig koldt, og holdt på kulden, men lyset og de længere dage, gav alligevel en eller anden form for livsglæde og optimisme oven på den lange og mørke vinter.

Lejrskolerne var begyndt at komme til øen, og på Lejerskolens i Sandvig var en klasse med 24 elever og deres 3 lærer indlogeret.

Særlig den ene af lærerne var med sit udseende, og glimt i øjet, en man lagde mærke til. Hendes lyse, ja nærmest hvide hår var betagende, og med hendes levende væsen var hun en dame man lagde mærke til.

Hun vimsede rundt og fik hurtigt og nemt tingene og opgaverne fra hånden, det var tydeligt at børnene både respekterede hende, og havde respekt for hende.

Det var tydeligvis ikke kun børnene der lagde mærke til hende, for hun var et livspust til, og en inspiration for, de omgivelser der var så heldige at møde hende, eller være en del af hendes liv. De to andre lærere der var med eleverne og klassen på Bornholmerturen var hhv. Lars og Stina.

Lars og Stina levede hver deres almindelige familieliv "Kartoffel og Nå - liv". Et liv der også kan beskrives som leverpostejfarvet, altså et farveløst og kedeligt liv, sammen med deres respektive partnere, i den storbyforstad skoleklassen kom fra.

Et hverdagsfamilieliv hvor den ene dag griber den anden og hvor kædens led sammensættes og hvor livet dermed dannes, men også et hverdagsfamilieliv, hvor kæden til tider brydes at forandringens flor og fristelser.

2. Positive og livlige Lise.

Det var tydeligt at inspirationen som den unge, og meget levende lærer Lise, havde bragt med sig var et tiltrængt livspust. Livspustet var ikke alene inspirerende, men det var også en smule farligt, for det var svært for omgivelserne, ikke at lade sig rive med af den positive stemning, og aura der var omkring Lise.
Værtsparet på Lejrskolen var Jørgen og Laila. De levede om nogen, et Leverpostejfarvet "Kartoffel og Nå" liv.

Lejrskolen havde de købt for 10 år siden, gjort det til deres hjem. De stiftede deres familie med 4 dejlige børn, men desværre havde dagligdagens udfordringer været medvirkende til, at de var vokset lidt fra hinanden.

Laila og Jørgens familieliv handlede om familie og drift. Drift af lejrskole og familie, hvor økonomien var en smule presset, og betød at det var nødvendigt for dem, at arbejde ved siden af jobbet som ejere af lejrskolen.

Jørgen havde tydeligvis svært ved, ikke at være inspireret af Lises sprudlende måde at tilgå tingene og eleverne på, hun bevægede sig elegant og uproblematisk rundt imellem eleverne, der sad og spiste deres morgenmad ved bordene imens hun ordnede det meste med et smil, og alligevel bevarede en autoritet overfor eleverne, en autoritet der gjorde, at hun både var elevernes leder og deres gode ven.

Jørgen havde en bibeskæftigelse som guide og buschauffør. Da eleverne var at være færdige med at spise og rydde af bordene, samledes de foran vandrehjemmet, for at stige ombord på bussen.
Turen i dag startede med en køretur langs kysten mod Svaneke, som lå i den anden ende af øen. Svaneke havde meget at byde på - ikke så meget historisk i selve byen, men alligevel var der masser at se på og besøge, og de 3 timer eleverne havde inden de skulle videre på turen der gik til Sorte Muld.
Sorte Muld ligger kun omkring 1,5 km. uden for Svaneke.

Sortemuld er en Jernalder boplads, og var navlen for Bornholms drift i mange år. Derfor er der på stedet gjort mange oldtidsfund, bl.a. Guldgubberne.
Gåturen derud var overskuelig og turen og stedet var inspirerende. Det er jo lidt uvirkeligt at forestille sig stedet som Bornholms navle, og at forestille sig den forholdsvise centrale rolle Bornholm udgjorde på det tidspunkt af klodens historie.

Jørgen ankom med bussen, og det var tid til køreturen retur til Sandvig. I bussen valgte Lise at sætte sig på sædet, der ellers var beregnet til guiden.
Det var tydeligt at Lise havde fået et godt øje til Jørgen, og at hun bevidst benyttede lejligheden til at sætte sig hvor hun gjorde - Lise spillede op... en rolle der ikke lå hende særlig fjernt, hun havde levet en del af sit liv i den vovede verden. Levet livet i det SexPositive miljø i København.

Lise vidste hvad hun ville... Lise vidste hun så godt ud... Lise vidste hvordan hun skulle spille spillet, for at opnå det hun ville.

Lise ønskede på ingen måde at gå nysgerrig i graven. Ikke at det betød der var "Sårede sjæle" på Lises vej, for det var der ikke, men det kan på ingen måde siges, at Lise levede et kedeligt "Kartoffel, frikadelle eller Nå liv".

Lise var single, men havde sine "Gode venner og legekammerater".

Lise var egentlig mest hetrosexuel, men hun gik ikke af vejen for et eksperimentere - Lise ønskede som sagt, på ingen måde at gå nysgerrig i graven. Livet skulle leves fuldt ud. Man kan sige at både livet og underlivet skulle prøves.

Jørgen kørte bussen og fortalte belevent, om de steder de kørte forbi på deres vej retur til Sandvig. Lise sad på guidesædet og lyttede, hun lyttede med hovedet på skrå, og med hendes hånd rørte og rodede hun rundt i sit hår, som kvinder nu ofte gør når de bevidst eller ubevidst kurtiserer.

Som turen skred frem drejede Lise kroppen mere og mere, sådan at hun sad med fronten mod Lars. Lise smilede, og hendes øjne sendte med al mulig tydelighed, signaler både til Lars og andre opmærksomme mennesker, om at der var en interesse, der var noget over middel.
Lise var ikke vant til at lade noget gå hendes nysgerrige næse forbi. Muligheder fik ikke lov til at "Falde ubrugte på gulvet – ting gik ikke til spilde i Lises nærvær.

3. Vandrehjemmet i Sandvig

Hjemme på vandrehjemmet var Laila i færd med at forberede aftensmaden, trods det ikke var de store fysiske aktiviteter der havde præget dagen, så var børnene alligevel præget af de mange indtryk de havde fået.

Børnene fandt deres vej ud på græsplænen foran vandrehjemmet... På græsplænen var der både fodboldmål, hoppepude og plads til at eleverne kunne boltre sig, og løbe noget af energien af, inden de skulle spise aftensmad.

I køkkenet lavede Laila chili con carne og ris. Jørgen var i køkkenet med en kop kaffe i hånden. Levende og ivrig, som Lise nu engang er, så fandt hun sin vej ud i køkkenet, for at give en hånd med, hvor der nu var brug for det.

Laila var glad for at få en hjælpende hånd, og lysten til at hjælpe smittede af på Jørgen. Måske var det bare Lises ivrighed der inspirerede, måske var det lysten til mere af Lise, lysten til at lære mere af Lise at kende, der gav Jørgen lysten til at hjælpe.

Der var en eller anden form for lyst og sympati mellem Lise og Laila. De 2 ligesom forstod hinanden fra første sekund de så hinanden, og den sympati kom mere alvorligt frem, når de arbejdede sammen i køkkenet.

Samarbejdet bar præg af effektivitet og indbyrdes forståelse. Den indbyrdes kemi kan beskrives som gribende, og som på nogle måder minder den lidt om de spændinger og den kemi, der ofte er under forelskelser.
Jørgen fornemmede deres indbyrdes kemi, og toppede sin kaffe op med en varm tår. Galant spurgte Jørgen om Lise og Laila også havde lyst til en kop.

Lise havde på den ganske korte tid hun havde været på vandhjemmet, formået at bibringe en positivitet og stemning, hvor selv de mest negative mennesker ville forstumme, og om ikke omvendes til positiv, så ville de bringes til standsning i deres negativitet.
En standsning der på et kort øjeblik, ville bringe negative mennesker i en situation, hvor egne handlinger reflekteres.

Laila og Jørgen levede et liv, hvor de ikke rigtig var intime med hinanden. Deres liv var overgået til praksisrelaterede opgaver der handlede om drift af familie, job, vandrehjemmet, ja kort sagt et Leverpostejfarvet liv i "Kartofler og nå"

Lise kunne meget vel være det "Spræl", der skulle til for at bringe Lailas og Jørgens liv frem til noget med lidt mere spænding, glans og glæde.

4. Turen til Hammershus

Onsdag er dagen i dag, og turen går til Hammershus, som er Nordeuropas største borgruin.
I dag spiser børnene på turen en sandwich på Hammerhavn, og der skal derfor ikke smøres madpakker.

Vandhjemmet ligger 2 km. fra Hammershus, turen til Hammershus kan vandres langs kysten, og er utrolig betagende og smuk.

Fra hammerhavn går der gennem den lille skov en sti lidt oppe. Stien fører op til Hammershus, stien er lidt gemt, men det er spændende at vandre steder mennesker normalt ikke vælger.

Det er en utrolig smuk vandretur forbi både løvehovederne og kamelhovederne, der via bagindgangen fører vandrerne ind på Hammershus.

Både Stina, Lise og Lars har på forhånd sat sig ind i historien bag Hammershus, og det nybyggede besøgscenter illustrerer og underbygger på fornemmeste vis via illustrationer hvad om, hvor og hvordan det hele foregik tilbage til tiden hvor der faktisk boede og levede mennesker på Hammershus. Hvad der drev menneskene, hvordan de levede og overlevede.

Vandreturen hjem var det nemt at motivere eleverne til - der ventede jo en sandwich på Hammerhavn.
Sandwichkiosken på Hammerhavn er et fantastisk sted.

På Hammerhavn startede eftermiddagens vandretur hjemad. Hammerknuden rundt er inspirerende og smuk. Salomons kapel passeres på turen, og det er lidt uvirkeligt, at der har boet mennesker.

Hammerfyr hvor fyrpasseren har et job med fantastisk udsigt, kommer til syne, og straks efter fornemmer eleverne Sandvig og kysten mod Gudhjem.

Vel hjemkommet tilbage på vandhjemmet, efter en lang dag med mange kilometer i benene, samles alle i spisesalen. Lars og Stina taler med børnene om deres oplevelser, og svarer på de mange spørgsmål dagen har affødt. Stina og Lars "Spiller bold" med børnene om deres viden og oplevelser til dagen der er gået.

Menuen til aftensmaden i dag er de velkendte pølser SuperÅge fra Svanekeslagteren. Der er ikke det store arbejde med tilberedning, pølserne steges på grillen i have og tilbehøret er brød, ketchup og sennep.

Lise ser sit snit til at hjælpe til med at anrette med ketchup, sennep og remoulade samt dække bord osv.

Laila og Jørgens lidt kedelige liv gør indtryk på Lise. Som mennesker virker de begge spændende, men de er havnet i en blindgyde af at drifte familien, en blindgyde hvor de har glemt hinanden med tid til kærlighed og kærtegn, anerkendelse og fordybelse. Tid til nysgerrighed og tolerance på hinanden og hinandens behov, lyster og forskelligheder.

Det kedelige liv finder Lise inspirerende. Lise tiltrækkes af dem begge som personer, og de mennesker de er - Lise er nysgerrig og Lise vil have mere af dem begge. Hvad er det der har gjort, de er havnet i den blindgyde de nu er havnet i, og hvad er det der skal til for at bringe dem tilbage til den kærlighed, elskov og det begær, der gjorde at Laila og Jørgen valgte hinanden… valgte at stifte familie sammen.

Lise ser sit snit til langsomt at bryde intimsfæren imellem hende og Laila. Imens de arbejder i køkkenet lader hun, uden der virker forkert eller krænkende, sin hånd berøre Laila, som er ganske godt skabt, også selv om der måske sidder lidt ekstra kilo de steder, hvor den slags nu engang sætter sig.

Lise fornemmer at Laila på ingen måde trækker sig, snarere nærmer Laila sig Lise.

Jørgen ser deres "Spil" og er lidt forfærdet - den side af Laila kendte han ikke. Det er sgu lidt frækt at se sin kone spille bolden videre, når der bliver spillet op.

Men - men - men - de har alle 3 deres professionalisme og ansvar. De er bevidste om det.

Pølserne grilles maden spises, der ryddes op i køkkenet og aften og nat sænker sig over vandrehjemmet, uden der opstår nogen form for drama eller intimitet.

5. Gudhjem, Danmarks eneste bjergby

Torsdag morgen – i dag er det Gudhjem, som er Danmarks eneste Bjergby.

Der er Rundkirken i Østerlars og RovfugleShowet i Skarpeskade som også er på programmet.

Velankommet retur fra dagens oplevelser er arbejdsfordelingen lige som lagt fra de foregående dage.

Stina og Lars tager sig af eleverne og Lise finder vej ud i køkkenet, hvor Laila og Jørgen sammen er ved at lave aftensmaden færdig.
Menuen er spagetti og kødsovs, og Lise tilbyder sin hjælp. Laila og Jørgen nærmest afbryder hinanden, idet de begge samtidig siger, ja tak til Lises tilbud.

De er begge helt enige om deres ja tak, omend de måske ikke er helt sikre på, hvorfor de begge er så ivrige i at svare "Ja tak". De ved inderst inde ikke, hvad det er der tiltrækker dem! Er det sammen der er kemi, eller hver for sig der er kemi?

Lise som jo er vant til intim omgang med andre mennesker – gerne omgang af begge køn, og gerne flere samtidig, ved præcis hvor grænsen går. Lise spiller bolden fra i går videre, Lise bryder intimsfæren hos begge, og går lige dertil hvor de fristes, dertil hvor det havde været helt ok at gengælde, omend ingen af de 3, Lise, Laila og Jørgen gør det. Ingen af dem gengælder med direkte berøring. Lysten er der men alle 3 styrer sig.

Efter maden er der bål i haven, og Lise fortæller om sin passion for kunst, en passion der har bragt Lise rundt mange forskellige steder, en passion der har budt på mødet med mange spændende mennesker, både spændende at møde, men også spændende at møde på den "gode måde".

Da de kun er de voksne tilbage omkring bålet, beslutter Lise at fortæller en smule om sin passion for det SexPositive univers.
Lise fortæller at hun er med i det SexPositive miljø i København, hvilket vil sige, at hun kommer i forskellige klubber, til forskellige fester osv..

Laila er den der er mest interesseret i kunst, og måske også den mest åbne over for nyheder og oplevelser. Lise finder et sted i samtalen, hvor det falder naturligt, at fortælle om hendes forestående fernisering med noget af hendes kunst.
Ferniseringen afholdes i oktober måned.

Jørgen griber bolden, og siger – Laila for fanden da, det kunne være super spændende med i en miniferie til København, bare en slags forlænget weekend.

Laila har lidt svært ved at skjule sin begejstring, og glimtet i Lises øjne afslører lidt det samme - de to banditter har vist tankerne samme sted. Tanker, følelser, fornemmelser, og i den grad lyster der går samme vej.

De må mødes igen – Mødes de ikke igen, så vil det nærmest være, som at undlade at indløse en lottokupon med 7 rigtige ...

6. Copenhagen, Here we come.

Efteråret havde meldt sin ankomst, omend det havde været en fantastisk sommer.

Laila og Jørgen havde lukket for sæsonen, og de skulle nu nyde sig selv, og deres tid med hinanden og igen være sammen.

Laila havde bestilt en lejlighed i Vanløse til den "forlængede" weekend, de havde talt om da Lise var på besøg med lejrskolen.
Laila arrangerede billetter og bookede en lejlighed på Airbnb, så de kunne komme over til Lises fernisering.

De var begge lige spændte - hvad var det de havde rodet sig ud i, hvilke oplevelser ventede forude.

Lise mødte dem på centralhjørnet i centrum af det gamle København.

Lise havde sat dem stævne netop der, dels fordi det var tæt på hendes galleri der åbnede dagen efter, dels fordi hun tænkte det kunne bryde stemningen på den gode måde. (Den gode måde = når ordlyden får en snært af erotisk undertone)

Centralhjørnet er kendt for at være mødested for homosexuelle, og Lise tænkte at det måske kunne lægge stilen og tonen lidt an - lidt som at bryde isen, og se deres reaktion.

Laila havde ikke været der før, men Jørgen kendte tydeligvis godt stedet.

Lise havde bestilt 3 drinks, og de 3 sad sammen ved et mindre rundt bord. De så lidt på hinanden, bordet var ikke ret stort, og det var svært ikke at komme i berøring med hinanden, hvilket ikke generede nogen af dem, de fnisede lidt af det, og lod det ske.

Pludselig stod bartenderen for enden af bordet - For fanden Jørgen, det er sgu mange år siden nærmest råbte han. Jørgen blev ret rød i hovedet og kunne nærmest ikke andet end sige - Knud for pokker da, ja du ligner sgu dig selv.

Knud trak Jørgen med op i baren, og Laila og Lise sad nu alene ved bordet.

Lise greb chancen - hun tog Lailas hånd, og førte den ned under bordet og lagde den på sit lår. Laila lagde mærke til den påskønnede vejrtrækning Lise havde fået.

Den påskønnede vejrtrækning som betød at Laila var blevet om ikke meget, så i al fald en smule ophidset.
De sad begge og kiggede hinanden i øjnene. Helt

uden at sige noget... kunne de begge mærke intensiteten.

Jørgen kom retur til bordet. Han var en smule bevæget ved situationen, men det gik lige op med Laila og Lises situation, så egentlig var ingen af dem i humør til at tale om noget andet lige nu... andet end at de skulle videre... videre til galleriet, som lå ved vandkunsten.

Galleriet ventede på at dørene blev slået op dagen efter - Jørgen havde fortalt Knud (bartenderen), om deres ærinde i København. Knud virkede interesseret, og ville måske komme forbi til ferniseringen dagen efter.

De 3 valgte at gå på beværtningen Sørens Værtshus, for at få en øl. Klokken var 1600, og de ledte egentlig også efter et sted at spise. Måske kunne de blive anbefalet et spisested af personalet på Sørens Værtshus.

Aftensmaden blev indtaget på Restaurant Rio Bravo, og efter en flaske rødvin, var de alle 3 i en lidt mere løssluppen stemning.

De valgte MoJo som stedet, hvor aftenen skulle fortsætte . Der var som sædvanlig levende musik, som Lise og Laila kunne muntre sig til på dansegulvet.

Omkring midnat havde de alle 3 fået nok af byen og de valgte at bryde op - Lise tog mod invitationen til at sove i deres AirBnb lejlighed, og de tog en taxa til Vanløse.

Jørgen og Laila havde overset, at det eneste der var at sove i var dobbeltsengen - eller var der nu alligevel en skjult bagtanke?

Lise valgte at gøre som Laila og Jørgen havde gjort, hun valgte at tage et bad inde de alle tre gik til køjs.

Da Lise kom ud af badet, og gik ind i soveværelset, var Jørgen og Laila stadig vågne………

7. Vandene deles, Softcore eller Hardcore version?

Mulighedernes land åbnes............

- Hvordan lever vi livet..........?
- Får vi det ud af livet som vi ønsker at få ud af det...........?
- Fik vi det ud af livet som vi ønskede at få ud af det..........?

Resten af bogen er der kapitler skrevet enten Softcore eller Hardcore.
Det er muligt at springe imellem versionerne.

Altså vælger læseren om det er Softcore versionen, den pæne og måske lidt pirrende version der skal læses.

Eller

Om det er Hardcore versionen der skal læses? Hardcore versionen hvor der ikke rigtig lægges fingre imellem, og alligevel er der såmænd ikke mere i Hardcore versionen, end der er i mange både Danske og udenlandske spillefilm.

Der er 24 timer i døgnet. De kan ikke bruges mere end en gang, og mange af de valg vi træffer kan ikke gøres om.

Foretager vi os et, så betyder det vi går glip af noget andet.

Intet er sort eller hvidt - Livet består af tilvalg og fravalg.

Verden og livet er det vi selv gør det til.

De beslutninger der er rigtige for det ene menneske, er ikke nødvendigvis de rigtige beslutninger for det andet menneske.

8. Dag 2 i København **Softcore.**

Solen var oppe - den skinnede ind gennem vinduerne til de 3 mennesker, der nu havde lært hinanden at kende på en anden, ny og spændende måde, under deres bytur i den københavnske middelladerby.

Jørgen vågnede som den første. Dagen i går var en stor oplevelse, for dem alle 3.
Jørgen havde altid været lidt af en entreprenør, og var ikke den der normalt lod udfordringer, gå sin nysgerrige næse forbi.

Det var gået op for Laila, at hun som Jørgens kone, ikke vidste alt om Jørgen og hans fortid, at der nok var noget af Jørgen... sider af Jørgen, som hun tydeligvis ikke kendte til.
Jørgen havde muligvis været lidt mere eksperimenterende og afprøvende end hun vidste.

Laila og Jørgen mødte hinanden da de var midt i tyverne, og nu var de først i fyrrene. De var med i den sene del af Flower Power tiden i 70'erne og 80'erne og 90'erne.

De var ikke direkte en del af Christiania, men kom der til tider. Både Laila og Jørgen havde boet i hver deres kollektiv, og havde på den måde begge oplevet den lidt mere frie, afprøvende og grænsesøgende del af livet, med den intensitet det giver at bo sammen med andre mennesker.

Det kræver noget at acceptere hinanden, og hinandens forskelligheder.

Der var i begge deres respektive kollektiver, ugentlige møder om funktionaliteten i kollektivet, ligesom der var interessegrupper for f.eks. musik, kultur og kunst.

Det var i kollektivet Jørgen lærte Knud at kende. Knud der på det tidspunkt endnu ikke var sprunget ud som homosexuel, men Knud var jo nok homosexuel uden at leve det helt ud endnu.

Jørgen gik i bad, og efter badet gik han til bageren for at hente morgenbrød.
Det var et dejligt vejr udenfor. På vejen hjem fra bageren gik Jørgen naturligt nok og tænkte over hvordan det mon var gået for Knud – At Knud stadig arbejdede på Centralhjørnet vidste Jørgen jo nu, men hvordan var Knuds liv blevet. Jørgen var nysgerrig, og håbede Knud ville dukke op til ferniseringen.

I lejligheden sad Lise og Laila ved højbordet. Duften af frisklavet kaffe ramte Jørgens næsen, da hoveddøren gik op.
Bordet var dækket, og de manglede kun Jørgen, ja og så lige morgenbrødet.

Imens de lækreste boller, med frisk smør blev indtaget, sad de alle 3 og talte om at gå en tur i

København, inden ferniseringen skulle åbne kl. 1400.

Turen i Metroen fra Vanløse til Rådhuspladsen gik hurtig, og de valgte en gåtur langs havnen for ikke at komme alt for langt væk fra Vandkunsten.

8. Dag 2 i København **Hardcore.**

Solen var oppe - den skinnede ind gennem vinduerne til de 3 mennesker, der nu havde lært hinanden at kende på en anden, ny og meget spændende måde, efter deres aften og bytur i den Københavnske Middelalderby .

Jørgen vågnede som den første. Dagen i går var en stor oplevelse, for dem alle 3.
Jørgen havde altid været lidt af en entreprenør, og var ikke den der normalt lod udfordringer, gå sin nysgerrige næse forbi.

Det var gået op for Laila, at hun som Jørgens kone, ikke vidste alt om Jørgen og hans fortid, at der nok var noget af Jørgen... sider af Jørgen, som hun tydeligvis ikke kendte til.
Jørgen havde muligvis været lidt mere eksperimenterende og afprøvende end hun vidste.

Laila og Jørgen mødte hinanden da de var midt i tyverne, og nu var de først i fyrrene. De var med i den sene del af Flower Power tiden i 70'erne og 80'erne og 90'erne.

De var ikke direkte en del af Christiania, men kom der til tider. De havde begge boet i hver deres kollektiv, og havde på den måde begge oplevet den lidt mere frie, afprøvende og grænsesøgende del af livet, med den intensitet det giver at bo så tæt sammen med andre mennesker. Det kræver noget at acceptere hinanden og hinandens forskelligheder.

De havde begge i deres respektive kollektiver, ugentlige møder om funktionaliteten i kollektivet, ligesom der var interessegrupper for f.eks. musik, kultur og kunst.

Det var i kollektivet Jørgen lærte Knud at kende. Knud der på det tidspunkt endnu ikke var sprunget ud som homosexuel, men Knud var homosexuel uden at leve det ud endnu.

Jørgen gik i bad, og efter badet gik han til bageren for at hente morgenbrød. Det var et dejligt vejr udenfor. På vejen hjem fra bageren gik Jørgen naturligt nok og tænkte over hvordan det mon var gået for Knud – At Knud stadig arbejdede på Central Hjørnet vidste Jørgen jo nu, men hvordan var Knuds liv blevet. Jørgen var nysgerrig, og håbede Knud ville dukke op til ferniseringen.

Jørgen havde været i bad, og til hans store fornøjelse, lå damerne nu og kælede. Det virkede som en slags "After Play" skønt at se de nød hinandens omfavnelse.

Lise rakte inviterende hånden op mod Jørgen, som snarrådigt tog mod invitationen.
Den slags "After Play" havde ingen af dem prøvet før - Lise der elskede kroppens naturalier, viste

Laila og Jørgen, at de skulle kysse og kramme hinanden.
Lise gik ned på Jørgen, og hun tog Jørgens pik i munden, imens hun nænsomt kærtegnede Lailas store barm.
Særlig brystvorterne blev med cirklende bevægelser kærtegnet, cirklende bevægelser, sådan at brystvorten ikke direkte blev kærtegnet.
Brystvorterne viste Lailas lyst... de var stive og Jørgen søgte dem, sådan at Lise og han, i fællesskab kunne give Laila det hun, uden at vide det, havde manglet i mange år.
Lise slap koncentrationen om Lailas brystvorter, og gav sig hen til Jørgens underliv, hvor Lise nød smagen af Jørgen. Det var længe siden Lise havde fået lov til at give manden det hun havde lyst til at give ham, uden han gav tilbage.
Egentlig havde Lise ofte fantaseret om at dominere manden, for at se ham nyde... bare at se ham nyde... at blive tirret og pirret.
Pudsigt nok vidste Lise, at der netop i Vanløse ligger en forening der hedder SMil, hvor ligesindede interesser mødes med netop det emne i fokus.
Laila havde lagt sig op på alle 4, hun sendte et klart signal om, at hun nu ønskede at nyde Jørgen tage hende bagfra.
Lise slap sit greb om Jørgen, og lod ham bevæge sig hen bag Laila. Lise viste med sin hånd, at Jørgen ikke skulle gøre andet, end bare stå bagved Laila. Det var tydeligt at Laila var åben, og klar for lidt af hvert. Lise greb Jørgen, og førte

ham hen, så det uden større hjælp, end blot at holde Jørgen, var det en simpel sag, at se de to kroppes kønsdele mødes, så kropskontakten var 100 pct. Jørgen var uden at anstrenge sig gledet helt i bund.
Lise nød synet af Lailas store barm hænge frit, struttende og dinglende.

Brysterne indbød til mere end bare et syn... de skulle røres...
Langsomt kravlede Lise, liggende på ryggen, ind under Laila. Laila gav Lise er kys, et kys der signalerede at Lise gerne måtte fortsætte, og Lise kravlede længere ned, sådan at hendes ansigt og mund, nu var under Lailas bryster.
Tungen rørte forsigtigt de stive brystvorter, og Lise kunne mærke, hvordan Laila så småt rystede... rystelser der indbød til at Lise kravlede længere ind under Laila. Lailas mund var nu lige over Lises Vulva - det var et indbydende syn...
Det var en invitation det var meget svært at sige nej tak til. Laila rørte forsigtigt Lises glinsende kønslæber med tungen... det var dejligt for hende, at prøve det, at overskride grænsen og begive sig ud i en verden hun ikke havde været i før.
Laila kunne mærke Jørgen, og nu mærkede hun at både Lise og Jørgen bearbejdede hende samtidig.
Det var svært for Laila at blive stående i Doggy Style.

Jørgen havde svært ved at holde sin udløsning tilbage, og alligevel vidste han, at det var nødvendigt at begrænse sin ivrighed.
Jørgen trak sig ud og lod Laila og Lise ligge, som de nu lå - De kunne nu nyde hinanden, og stimulere alle hinandens sanser, og Jørgen kunne nyde synet af de 2 nyde hinanden, nyde at bringe hinanden til Climax, og orgasmerne for begges vedkommende.

Tilbage ved højbordet sad de nu alle 3 og nød kaffen. De havde alle 3 en fornemmelse af velvære, og at der var mere i det her, mere der skulle afprøves og udforskes.

Lise kunne ikke længere, holde det for sig selv, hun måtte sige det, for måske var det noget de alle 3 kunne og skulle udforske sammen, ja måske havde Laila eller Jørgen allerede kendskab til og afprøvet BDSM.

Lise kiggede dem begge dybt i øjnene og sagde, ved I noget om "SMIL" ?

Laila blussede en smule i kinderne og Jørgens øjne, gav et signal om et - Ja da.
De havde åbenbart begge kendskab til SMIL, Lise blev nysgerrig, vidste de mere end de umiddelbart bekendte kulør til - vidste de noget om det SexPositive miljø.

Lise blev nysgerrig og spurgte dem begge direkte.

Jørgen svarede hurtigt, at han som helt ung… da han var først i tyv'erne, på det tidspunkt havde et forhold til en noget ældre kvinde, ja faktisk var hun 30 år ældre, men alligevel stadig kun midt i halvtresserne.

Kvinden var meget sexuelt erfaren, og havde haft Jørgen med i SMil.

Jørgen blev nervøs for kvinden, og kunne ikke rigtig følge med i udviklingen. Jørgen mistede lysten til kvinden, og deres kontakt ophørte.

Laila fortalte at hun helt banalt havde haft nogle bindelege med en tidligere kæreste. Det var ikke rigtig noget, der på det tidspunkt tændte hende, og også deres forhold ophørte hurtigt.

Nu var både Laila og Jørgen blevet ældre, og de følte sig åbenbart begge mere frigjorte, og klar til at eksperimentere.

Lise fortalte at de i SMil har intro-aftener, hvilket betyder at interesserede er velkommen, og at der ikke er "Dresscode" på de særlige introaftnerne imellem kl. 1830 og kl. 2000.
Lise fortalte, at SMil faktisk ligger i Vanløse, som AirBnb lejligheden jo ligger i.

Lise vidste åbenbart ret meget om SMIL……

Damerne sad igen ret tæt, og det virkede som om, de havde svært ved at undlade at kæle, de virkede som om de endnu ikke var helt færdige ...

Klokken 14 var der fernisering på Lises lille galleri. Klokken var nu 10. Jørgen havde været i bad, men trængte måske til en lille skyller. Laila og Lise havde endnu ikke været i bad.

Damerne rejste sig, og gik ud på badeværelset, hvor de begge resolut gik sammen i bad.

De smurte sæbe ind på hinandens kroppe, og kælede en smule, og bare det at se dem kærtegne hinanden, uden at det nødvendigvis førte til sex, var ret frækt for Jørgen at se på.

9. Ferniseringen **Softcore.**

Turen med Metro ind til Rådhuspladsen var hurtigt overstået, det var spændende for dem alle tre - Lise fordi hun havde fernisering og Jørgen og Laila fordi de var nyt for dem at være i det her måske "SexPositive" miljø.

Det var anderledes at sidde sammen, at være sammen i den her intense stemning. Hvad mod fremtiden ville bringe? Lise sad overfor Laila og Jørgen i metroen. Lise fornemmede den lidt anderledes stemning, og tog begges hænder og krammede den samtidig. Med et glimt i øjet sagde hun helt fra hjertet - jeg elsker jer sgu, jeg elsker jeres måde at være på - tak for jer begge.

Gåturen gik via Løngangstræde ned til Vandkunsten, på gåturen kom de forbi MoJo, hvor de aftenen før havde hygget sig, og hvor damerne havde lært hinanden lidt bedre at kende.

Kl. 14 åbnede dørene, de havde forinden haft lidt travlt med at åbne vin og anrette det hele, men også arbejdsmæssigt havde de suppleret hinanden rigtig godt. Der var altså bare et eller andet der gjorde, det hele bare kørte.

Undervejs havde dagen været lidt svært for dem alle 3, for når deres øjne mødte hinanden, når de fik øjenkontakt, så var der helt klart en eller anden form for intensitet, en aura som de alle 3

kunne fornemme.
Det er sjældent at man oplever den stemning imellem mennesker - Det føltes lidt som når man er forelsket, man får simpelthen bare lyst til at kæle et andet menneske på kinden, skulderen eller på en måde bare at røre, uden det på nogen måde har intim karakter.
Det var lidt som at være på en kunstudstilling, eller som den fernisering de netop nu var i færd med at afvikle – Man følte lysten til at røre, ja bare røre...
Lise kunne jo godt røre sine kunstværker, for det var jo hendes, men Laila og Jørgen måtte, og kunne jo ikke røre, selv om den der lyst til at røre, og at føle. Følelsen var der helt, klart var der hos dem begge.
Det var den samme følelse af nysgerrighed i fingrene, som føltes når de 3 bare var sammen, men de måtte styre deres lyster, og holde deres fingre for sig selv.

Ferniseringen sluttede kl. 18. Det var lidt ærgerligt for Lises nysgerrighed, at Bartenderen Knud fra Centralhjørnet ikke, var kommet til ferniseringen.

Lise havde set frem til at møde Knud, både fordi hun var nysgerrig på Knud, og fordi hun var nysgerrig på, hvad Knud og Jørgen havde haft sammen - kendte de hinanden godt, og hvor godt kendte de egentlig hinanden?
Lise var nysgerrig, men Lise fik ikke tilfredsstillet sin nysgerrighed... i al fald ikke i først omgang.

Ferniseringen var slut, og de skulle efter den lille oprydning, finde et sted at spise. Alternativt skulle de have noget TakeAway, eller få noget bragt ud til lejligheden i Vanløse.

9. Ferniseringen **Hardcore.**

Turen med Metro ind til Rådhuspladsen var hurtigt overstået, det var spændende for dem alle tre - Lise fordi hun havde fernisering og Jørgen og Laila fordi de var nyt for dem at være i det her måske "SexPositive" miljø.

Det var anderledes at sidde sammen, at være sammen i den her intense stemning. Hvad mod fremtiden ville bringe? Lise sad overfor Laila og Jørgen i metroen. Lise fornemmede den lidt anderledes stemning, og tog begges hænder og krammede den samtidig. Med et glimt i øjet sagde hun helt fra hjertet - jeg elsker jer sgu, jeg elsker jeres måde at være på - tak for jer begge.

Gåturen gik via Løngangstræde ned til Vandkunsten, på gåturen kom de forbi MoJo, hvor de aftenen før havde hygget sig, og hvor damerne havde lært hinanden lidt bedre at kende.

Kl. 14 åbnede dørene, de havde forinden haft lidt travlt med at åbne vin og anrette det hele, men også arbejdsmæssigt havde de suppleret hinanden rigtig godt. Der var altså bare et eller andet der gjorde, det hele bare kørte.

Undervejs havde det været lidt svært for dem alle 3 at undlade at røre hinanden, ikke så meget fordi der var kærlighed, nej det var begær, lyst og nysgerrighed der gjorde, at de benyttede enhver lejlighed til at røre og berøre hinanden...

Vildt mærkelig og super ophidsende måde at gå rundt til ferniseringen, imellem alle de mennesker, og have så stor lyst til hinanden, og alligevel holde sig i skindet, og ikke lade sig rive med af lyst og begær.

På et tidspunkt under ferniseringen, havde de alle 3 været rigtig tæt på hinanden, og Laila så sit snit til at kysse Jørgen på hans kind, og forsigtigt lade tungespidsen røre Jørgens ene øre.
Det så Lise, og hurtigt fik Kropskontakt med dem begge, og hun førte diskret sin hånd ned i skridtet på Jørgen, der allerede havde en halvstiv pik.
Jørgen var, jo egentlig aldrig nået til Climax efter deres "Doggy Style" i morges, så der skulle ikke det helt vilde til for, at Jørgen igen var med på legen.
Damerne mærkede godt, at Jørgen var nem at opstemme. Fantastisk fornemmelse for dem alle tre..., at alle 3 følte de havde noget til gode til senere. Hvor og hvordan vidste de endnu ikke men de var alle 3 super meget klar...

Ferniseringen sluttede kl. 18, og det var lidt ærgerligt for Lises nysgerrighed, at Bartenderen Knud fra CentralHjørnet ikke var kommet.
Lise havde set frem til at møde ham, både fordi hun var nysgerrig på Knud, og fordi hun var nysgerrig på, hvad Knud og Jørgen havde haft

sammen, kendte de hinanden godt... ja rigtig godt, og kendte de hinanden på den gode intime måde...
Lise var nysgerrig, men Lise fik ikke tilfredsstillet sin nysgerrighed... i al fald ikke i først omgang.

Ferniseringen var slut, og de skulle efter den lille oprydning, finde et sted at spise.

Alternativt skulle de have noget TakeAway eller få noget bragt ud til lejligheden i Vanløse.

10. Oplevelser der mætter og inspirerer
Softcore.

De var alle 3 trætte, og lidt uoplagte, de havde alle 3 en følelse af lyst til noget andet end at danse og drikke sig beruset.
De Valget i enighed... de valgte at tage hjem, og få Sushi bragt.*
De ville fejre den vellykkede fernisering, og havde købt et par flasker rigtig god champagne i en af de kvalitetsbevidste vinhandler, der ligger på Gammelstrand.

De købte også et sæt yatzy og en pakke cigaretter i 7elleven.
Lise havde et oplæg til en spændende måde, hvormed man med rafling, kunne lære hinanden at kende.
Lise satte dagsordnen. Lise havde ideen til hvordan de skulle spille, derfor var det nærliggende at Lise bestemte reglerne for, hvordan det skulle spilles.

Egentlig havde både Laila og Jørgen også lysten til at lade en anden bestemme, lysten til at lade sig forføre, og bare glide med strømmen. De vidste jo begge, at Lises fantasifulde kunstnerhjerne ikke ligefrem savnede gode ideer eller finurligheder.........

Lise var frisk på at bestemme........

Aftener i centrum af København kan altså bare noget. Man kan gå der i timevis, og bare kigge på mennesker.

Vel var de alle trætte, men alligevel følte de alle 3 en lyst til at opleve mere, inden de tog tilbage til lejligheden i Vanløse. Derfor vandrede de lidt rundt i området i det indre København.
Der var ikke noget mål for gåturen, men da de kom forbi Sørens Værtshus ved Vandkunsten blev de prejet og piftet af – Det var Knud der sad med nogle af sine venner på serveringsarealet ude foran Sørens Værtshus.

Knud og hans venner fik hurtigt arrangeret 3 ekstra stole til Lise, Laila og Jørgen.

Nu kunne der måske endelig bringes klarhed over Jørgens fortid, klarhed over hvordan, og hvor godt, Jørgen og Knud egentlig kendte hinanden. Damerne var lidt, eller måske meget nysgerrige. Men nej – Knud var ikke den der afslørede, eller på nogen måde gjorde stemningen pinlig. Derimod fik Laila og Jørgen lejlighed til at fortælle lidt om deres liv nu. Hvad der var blevet af dem, hvor de boede, hvordan de gik og havde det, fortælle om deres liv på Bornholm, med deres vandrehjem og deres børn.

Efter et par timer var det atter tid til opbrud. De havde aftalt at holde kontakten ved lige, de havde udvekslet venskaber på Facebook, og Lise og

Knud var også blevet venner på Facebook, så nu måtte de se hvad fremtiden bringer. Knud måtte helt klart komme en tur til Bornholm.......
Turen i metroen hjem til Vanløse gik ligeså hurtig, som turen fra Vanløse og til Rådhuspladsen – Det føltes ikke langt, for selskabet behagede dem alle.

Mad havde de ikke fået, og på Lises opfordring bestilte de sushi udefra, leveret til adressen.

Lise bestilte Sushi'en og Jørgen åbnede champagnen, og de sad alle 3 ved højbordet. Lise havde med sin kunstnerhjerne, altid kunne krølle andres tanker når de var for rette og for lige. Lise kunne også nemt rette krøllede og lige tanker ud, så de kunne forstås af de fleste. Hun var meget stærk kommunikativt.

Sushien var klar til at blive spist, og champagnen var klar til at blive drukket.
Stemningen og intensiteten de 3 imellem blev ikke mindre af, at de 3 sad tæt sammen, og alkoholen i den meget velsmagende champagne gjorde helt klart sit arbejde. Alkoholens indtog i blodbanen blev hjulpet på vej af co2'en. Boblerne havde deres effekt, og de blev alle 3 en smule opstemte og pjattede.

Raflebægret stod på bordet, og som det er med så meget andet i livet, så ventede det bare på at blive brugt.
Livet skal leves, og nu skulle et raflebæger,

frembringe den enkeltes lyst og evne til at løsrive sig fra de indlærte dyder.
Raflebægret og deres fantasier og evne til at abstrahere skulle være omdrejningspunktet og den udløsende faktor for aftenens hygge.

10. Oplevelser der mætter og inspirerer
Hardcore.

De var alle 3 trætte og lidt uoplagte, eller også havde de alle 3 en følelse af lyst til noget andet end danse og drikke sig beruset.
Ingen af dem valgte noget andet end de 2 andre - valget var i enighed, de valgt at tage hjem og få Sushi bragt til adressen i Vanløse.
De ville fejre den vellykkede fernisering, og havde købt et par flasker rigtig god champagne i en af de kvalitetsbevidste vinhandler, der ligger på Gammelstrand.

De købte også et sæt yatzy, og en pakke cigaretter i 7elleven.
Lise havde et oplæg til en spændende måde, hvormed man med rafling kunne lære hinanden at kende.
Lise satte dagsordnen, Lise havde ideen til hvordan de skulle spille. Derfor var det nærliggende at Lise bestemte hvordan det skulle spilles.

Egentlig havde både Laila og Jørgen også lysten til at lade en anden bestemme, lysten til at lade sig forføre og bare glide med strømmen, og de vidste jo begge, at Lises fantasifulde kunstnerhjerne ikke ligefrem savnede gode ideer og påhitheder.

Lise var frisk på at bestemme........

Lise sagde de skulle lægge vejen forbi Sinful og handle lidt ind der også.
Lise bestemte hvad der skulle købes. Laila og Jørgen vidste ikke, hvad Lise havde købt.
Ekspedienten pakkede de varer Lise havde udvalgt ind hver for sig, og Jørgen betalte .....
Lise bestilte Sushi'en og Jørgen åbnede champagnen.
Lise bad Laila om at gå i bad og gøre sig lækker og klar .....

Da Laila var færdig i badet var det Jørgens tur - også Jørgen blev bedt om at gå i bad og gøre sig lækker.

Da Jørgen var ude af badet, lavede Lise 6 stykker papirer, hvorpå de hver skulle skrive 2 sexfantasier de enten havde lyst til at opleve, eller gerne ville genopleve.

Lise gik også selv i bad, og da hun var færdig i badet, og de 3 stod foran hinanden, med hver deres glas boblende og dyr champagne, var det svært at skjule begejstringen, lysten og liderligheden. Den syntes nærmest umulig at skjule hos dem alle tre.......

Hver især havde de taget noget lækkert på, de havde hver i sær anstrengt sig, med dejligt duftende parfumer og creme.

Ingen af dem var i tvivl om at der stod sex på

programmet, men ingen af dem vidste, hvad det var der skulle opleves og genopleves……..

11. Sushi og bekendelsens time **Softcore**.

Da de sad ved højbordet, med hver deres tallerken Sushi, og hver deres glas med boblende champagne, havde Lise besluttet, at hun ville starte med at fortælle om sit liv som slave, fortælle hvordan det var, at blive beordret til at gøre forskellige ting for og med sin Master.
Lise ville fortælle Laila og Jørgen, at hun havde været i for nogle år siden, et forhold som havde givet hende en selvindsigt, hun ellers ikke havde fået.

Lise havde været Slave for en Master, en Master hun lærte at kende i SMIL.
Lise valgte at vente med at fortælle om forholdet, hun var ikke sikker på hvordan de ville tage beretningen, for den var lidt i den hårde ende, den hårde og sofistikerede ende, som ikke alle mennesker er interesseret i at høre om, og den gode stemning skulle nødig brydes.

Lise valgte i stedet at de alle 3, skulle lave noget der mindede om en af hverdagens forventningsafstemninger.
En de forventningsafstemninger der oftest ikke afholdes, men som der er et skrigende behov for i mange parforhold.
Her skal der bare fortælles bare 2 ting, som de hver især rigtig godt kunne lide, og ikke fortælle noget de er utilfredse med.

Lise valgte selv at lægge ud:
- Jeg bliver vildt glad for når min partner overrasker mig, enten med blomster, surprice tur i byen, biografen middag på restaurant, eller bare hvad som helst.
Laila:
- Jeg bliver rigtig glad for komplimenter, jeg bliver helt euforisk inden i mig selv. Følelser der bringer mig op og gør mig høj og glad.

Jørgen:
- At blive mødt af kærlighed, og lidt erotik er godt for mig – Lidt som når vores hverdag bringes ud af de sædvanlige rammer, og vi gør tingene anderledes.

Lise:
At få små søde beskeder på min mobil gør mig glad. Faktisk lægger det op til jeg har et meget større overskud i hverdagen

Laila:
Blomster gør mig altid glad, med stress med børn, og alle de daglige pligter der ellers er. Det må rigtig gerne følges op af et kram og fysisk berøring.

Jørgen:
Anerkende kommunikation gør mig glad, jeg syntes det er super inspirerende, når familien har overskud til hinanden, og vi får dagligdagen til at køre som på skinner.

Egentlig var både Laila og Jørgen lidt nysgerrige på, hvad historien om Lise og hende Master indeholdt. Nysgerrige fordi det var en for dem ret ukendt verden.

De havde begge hørt, og læst om Fifty Shades, og som mange andre mennesker, ja måske endda de fleste andre mennesker, så havde de begge en skjult lyst, et latent behov, som aldrig var afprøvet.....

Stemningen var god, de skålede i champagnen og tog ud af bordet. Stilen for raflingen var ligesom lagt......

De havde alle skrevet 2 spørgsmål op på små sedler, sedler som var lagt op i bowlen.

11. Sushi og bekendelsens time **Hardcore.**

De sad ved højbordet, med hver deres tallerken Sushi og deres glas med dyr champagne.
De skulle hver fortælle en ting fra deres fantasiverden.

Lise besluttet, at hun ville starte med at fortælle om sit liv som slave, fortælle hvordan det var, at blive beordret til at gøre forskellige ting for og med sin Master og Top, som den der bestemmer også kaldes.
Lise ville fortælle Laila og Jørgen, om det forhold hun havde været i for nogle år siden, et forhold som havde givet hende en selvindsigt, hun ellers ikke havde fået.

Lise fortalte at det faktisk tilfredsstillede hende, at være Slave, Sub og Bund for en Master, som på hård og bestemt måde gav hende ordrer.
Slave, Sub og Bund er stort set den samme betegnelsen den der underkaster sig.

Lise og hendes Master havde sex med i deres leg om underkastelse og dominans. At stå bundet til korset, eller i galgen og modtage dominansen virkede på en eller anden måde bare forløsende og befriende på Lise.

Når de mødtes havde Lise i forvejen fået besked på hvilke tøj hun skulle have på.
Lise og hendes Master havde i den tid der lå

imellem deres sidste møde og nu, sendt hinanden beskeder om, hvad deres næste møde kunne, eller skulle indeholde, og hvad der skulle foregå. Den sidste besked inden mødet skrev Master altid om formiddagen inden deres møde. Her gav Masteren Lise besked på hvilke tøj hun skulle have på, og hvilket udstyr hun skulle gøre klar.
Det tændte Lise meget, at hun mentalt kunne gøre sig klar til besøget.

Den ene gang havde Lise inden besøget, modtaget en pakke med posten.
Lise modtog samtidig en besked fra Master, om at hun ikke måtte pakke den op, før der kom besked herom.

Om formiddagen inden Master besøget Lise, sendte han besked om, at pakken skulle pakkes op.
Pakken indeholdt et fjernbetjent erotisk æg... et erotisk æg der kunne fjernbetjenes via WI-FI og mobilen... Altså kunne Master på et hvilket som helst tidspunkt tændt og slukke for vibrationerne i ægget.
Lise modtog en sms når ægget skulle sættes op i fissen, og herefter kunne Master så tænde og slukke for ægget, på et hvilket som helst tidspunkt af dagen.

Tiden var moden til at Laila og Jørgen hver især, skulle fortælle om en af deres fantasier.
Lise var moderator og Laila og Jørgen fortalte.

Lailas fantasi var en trekant med 2 mænd.
En trekant med 2 piger, og en mand var jo ligesom afprøvet til alles tilfredsstillelse aftenen og morgenen før.
Lailas drøm var at blive "Roastet" af 2 mænd. At blive Rostet af 2 mænd vil sige, at kvinden ligger på alle 4 i DoggyStyle, og modtager en mand bagfra, og en mand i munden.
Det at være overladt til 2 mænd, der bare tager for sig af deres begær, og at blive fyldt i næsten alle huller var fantasien for Laila. Laila nyder at mærke manden, eller mændene komme. Laila nød faktisk at se mandens meget røde ansigt når han kommer, og er der et brøl eller kan Laila høre mandens orgasme, så sætter det en yderligere kulør på deres sex.
Laila havde set film med Bukkake, noget der så voldsomt ud, men som alligevel fascinerede Laila. Bukkake vil sige at modtageren får mange mænd på en gang, altså hvor en større gruppe af mænd tømmer deres sæd udover modtageren... Både i ansigtet, og på resten af kroppen, primært torsoen, som er selve krooppen-

Jørgen var den tredje og sidste til at fortælle fra sin fantasiverden.

Fantasien var om Japanske former for Bondage/bindinger:
Jørgen vil gerne være den der binder kvinden der nyder at blive bundet..., og gerne have sex med en kvinde som en del af legen i at binde.

De mest kendte er nok Shibari og Kinbaku.

Jørgen havde i sine helt unge dage leget med en kæreste om at binde hende, hvilket var til deres begges tilfredsstillelse, men det var ikke med sofistikerede bindinger, som Jørgen havde set man kunne udføre. I enkelte tilfælde var den bundne jo hængt op svævende i reb.

Stilen var nu lagt for, hvor de var i deres samtaler, og det var nu tid til at afsløre de små fantasier de havde skrevet på de små sedler og lagt i bowlen.

12. Rafling får sandhederne frem – **Softcore**.

De sad ved bordet, raflebægret var fundet frem, og reglerne skulle aftales.

Lise havde allerede en ide til hvordan de skulle spille.

De 6 små sedler lå i bowlen. Lise fortalte at der var 1 terning i bægret. Når man ramte en sekser, skulle man tage en seddel op af bowlen, og læse spørgsmålet og bestemme hvem af de 2 andre der skulle svare.

Spillet kunne begynde.

1: Jørgen var den første der slog en sekser. Spørgsmålet var: Betyder det noget for dig og hvad gør det ved dig, at din partner klæder sig pænt på, og dufter godt.
- Jørgen valgte at Lise skulle svare: Ja for den da sagde Lise, det er da super lækkert når vi gør os i stand for hinanden.

2: Lise var den næste der ramte en sekser. Spørgsmålet var: Kan du lide nøgenhed på film. (Lise var jo nok den der selv havde skrevet spørgsmålet)
- Lise valgte Jørgen skulle svare på spørgsmålet: Ja det kan jeg godt, svarede Jørgen. Både Lise og Laila havde lyst til at stille uddybende spørgsmål,

men så godt syntes de endnu ikke de kendte hinanden.

3: Jørgen slog endnu en sekser.
Spørgsmålet var: Hvor gammel var du da du havde din første kæreste og I havde sex.
- Jørgen valgte Laila skulle svare, for det vidste han faktisk ikke: Jeg var 16 år. Igen var de 2 andre nysgerrige, men deres dyd forbød dem at spørge uddybende nærmere ind.

4: Lise havde heldet med endnu en sekser.
Sedlen var blank, og Lise valgte derfor selv spørgsmålet: Har du været sammen, med eller har du haft et forhold til en af samme køn:
Lise valgte naturligt nok at Jørgen skulle svare på spørgsmålet, for både hun og Laila var lidt uafklarede, i forhold til det med bartenderen Knud:
Ja det har jeg svarede Jørgen.
På en tur til Tyskland, hvor vi var på bordel og swingerklub, og under en trekant, med en flot og slank blondine, havde jeg kortvarigt intim kontakt med manden i trekanten, så ja jeg har haft sex med en mand, men ikke noget jeg har lyst til mere eller igen. Et eller andet sted lettede det Jørgens hjerte at sige det.

5. Endelig blev det Laila der slog en sekser, og skulle læse spørgsmål op... Lettet var hun nu da der kun var et spørgsmål tilbage, for hun var lidt

klemt ved situationen med de blanke sedler. Laila læste spørgsmålet op: Har du været samme med mere end en i et samleje?
Laila valgte Lise skulle svare: Og ikke overraskende svarede Lise ja.

6. Den sjette sekser blev slået af Jørgen, og endnu en gang var sedlen blank, så Jørgen kunne selv vælge spørgsmål og hvem der skulle svare: Jørgen ville have Laila skulle være den der svarede:
Kunne du forestille dig at have sex med mere end 1 person?
Prompte kom svaret – Ja det kunne jeg godt, og det kan jeg stadig godt ...

Efterhånden var det gået op for Jørgen, at Laila bestemt var en lidt mere levende dame, end den Laila han kendte. Den Laila han boede sammen med, den Laila han var gift med, og den Laila han havde 4 børn med.

Var det stof til eftertanke for Jørgen?

Var det stof til eftertanke for Laila?

Var det stof til eftertanke for den alle 3

12. Rafling får sandhederne frem – **Hardcore.**

De sad ved bordet, raflebægret var pakket ud, og reglerne skulle aftales.
Lise havde allerede en ide til hvordan de skulle spille. Det skulle jo både være pirrende, afslørende… og alligevel måtte det gerne gå lidt hurtigt, for hun var ret liderlig.
Der var 3 terninger i bægeret, og hver gang man lavede et slag med en sekser, skulle man tage et stykke tøj af. Sådan skulle de spille til de alle var nøgne.
Når alle var nøgne, skulle de svare på et af de spørgsmål, som de hver især havde skrevet på en lille seddel.
Damerne havde skrevet på lyserøde sedler, og Jørgen havde skrevet på lyseblå sedler.
Sedlerne var samlet i en bowle, og de havde hver især skrevet 2 spørgsmål, så der var 6 små sedler, med hvert deres lille spørgsmål - spørgsmål total uden grænser.
Lise lavede første slag, uden seksere.

Så var det Lailas tur. Laila slog 2 seksere, og da hun var mere end almindelig oplagt, insisterede hun på at besvare 2 spørgsmål.

1. *Kan du lide din partner kommer på dig og hvor.*

Laila svarede: Jeg er lidt vild med at være blindfoldet, og bare modtage min partners sæd i ansigt og på brysterne. I munden er der hvor jeg helst vil have det.

2. *Har du haft sex i det offentlige rum?*

Ja svarede Laila. Min debut med sex var på en strand. Vi havde solbadet efter vi var i vandet, og der var ikke rigtig nogen at se i klitterne foruden os selv. Vi var unge men alligevel ikke generte, og tog derfor vores tøj af. Jeg så hurtig at Jesper var lidt rigeligt begejstret, og jeg valgte at prøve at røre ved ham.
Egentlig faldt det bare meget naturligt, at når jeg havde givet ham et kys, så at lade hånden langsomt glide ned over hans mave, og ned til hans skridt. Det gispede i ham, og jeg valgte at hans pik skulle smages.
Det var tydeligt at han nød det, og efter meget kort tid kom han. Faktisk var jeg slet ikke forberedt på det, og da han var i min mund ved det første pumpende stød, så valgte jeg at lade ham fortsætte med at komme i min mund - jeg kunne godt lide smagen, og jeg kunne lide at se ham nyde det.

Jørgen slog 2 treere og en enkelt sexer.

3. *På sedlen stod der har du været i sexklub eller på bordel.*

Ja svarede Jørgen - I Tyskland, vi var på herretur i Flensborg, og der lå et tidligere hotel, som var lavet om til en slags bordel og Swingerklub.
Vi var nøgne og kunne sidde i en bar, og få vores første drink. Der var masser af damer, men det

var tydeligt, at hos nogle af dem kostede det nok penge.
Der var særligt en som udmærkede sig. Hun var garanteret ikke af tysk oprindelse, nok nærmere østeuropæisk. Hun var ikke helt ung men, flot og velholdt blondine.
Jeg og en god ven fra selskabet havde samme lyst, og vi fik hende med på en trekant, hvis altså vi ville Roaste hende. Det var åbenbart sådan hun kunne lide det, og da hverken min ven eller jeg, havde prøvet en trekant, så var vi absolut med på den.
Ingen tvivl om hun vidste hvad hun lavede, vi kom begge ret hurtigt inde i hende, den ene i munden og den anden inde i hende bagfra. Selvfølgelig havde vi begge præservativ på, men fornøjelsen og oplevelsen var alligevel stor. Ikke mindst da hun og ham der var med i trekanten, valgte at knæle ned foran mig, og dele mig og de rester der nu var tilbage af vores samleje.

Lise var den næste til at slå.
Hun slog 1 toer, en femmer og en sexer.

4. *Har du haft sex med mere end en, og med maksimum hvor mange.*

Lise rødmede lidt og svarede:
Ja det har jeg, det var en gang jeg var i swingerklub med en god ven.
Jeg var ikke så vant til at komme i klubber endnu, jeg var ret ny i det sex-positive miljø, men super nysgerrig.

Min ven var ikke en jeg havde haft sex med, men en rigtig god ven.
Vi fik en enkelt drink i baren, og jeg havde taget noget af det sorte latextøj på som jeg havde det allerbedst i. Jeg ved jeg har en flot krop, og jeg kunne mærke at der blev set efter mig fra de andre gæster.
Vi faldt i snak med et andet par i baren, som åbenbart var i et åbent forhold.
De spurgte om vi havde lyst til at gå lidt rundt i klubben, hvilket både jeg og min ven bestemt havde.
Vi var i forskellige rum, og fandt vej til et med en større seng, som indbød til, at man skulle ligge i den. Kvinden i det åbne forhold lagde sin arm på min skulder og viske forsigtigt i mit øre - skal vi, og jeg kunne mærke jeg blev varm, og at min vejrtrækning steg i frekvens.
Jeg greb chancen og kyssede hende, imens jeg kunne mærke hendes mands hånd i mit skød.
Det var vildt ophidsende, og de 2 havde åbenbart en lidt større erfaring end jeg først antog.
Kvinden havde fat om min vens pik og masserede ham langsomt, og med et fast greb om pikken med den ene hånd, og med den anden arm omkring mig, førte hun min ven og mig hen til sengen.
Det hun ville var at hendes mand skulle ordne mig, imens hun ordnede min ven, som skulle komme i mit ansigt imens hun spillede hans pik.

Da hendes mand var kommet oppe i mig fik jeg slikket fissen ren af hende, og min vens pik, der var kommet i mit ansigt blev slikket ren af mig.
Min ven var åbenbart hurtig klar igen, jeg tror det var både miljøet, stemningen og stimuleringer der samlet set gjorde min ven hurtigt klar igen. Jeg kunne mærke hvordan han igen svulmede og tog størrelse.
Jeg må nok sige at det tændte mig, at blive slikket imens jeg mærkede han blev hård og klar igen.

Så svaret er - Ja jeg har haft sex med 3 andre mennesker på samme tid.

Laila slog ingen sexere i sit slag, og der var Jørgen igen. Jørgen slog 1 ener, en treer og 1 sexer.

5. *Spørgsmålet lød - Har du dyrket SM. Eller været i Smil?*

Ja det har jeg svarede Jørgen. En god ven af mig kom ofte i SMIL, og han introducerede mig ved en Introaften.
Jeg må sige det var fascinerende, at se hvordan både Master og Slaven, meget tydeligt nød hvad de gjorde.
Jeg har ikke været i SMil siden, sagde Jørgen, altså kun den ene gang.

Det var Lises tur til at slå - der var kun en seddel tilbage i bowlen, såååå ...

Lise slog. Hun slog et slag uden sexere, så nu var det igen Laila.

Laila slog endnu en gang et slag med 2 seksere... Den her gang er der bare kun en seddel tilbage i bowlen.
Laila var endnu mere opstemt nu, end sidst hun slog 2 seksere....
Lisa sagde hun ville finde på noget, andet til Laila, når nu der kun var en seddel tilbage i bowlen, og hun havde slået 2 seksere.

6. *Har du prøvet og kan du lide, sexlegetøj.*

Ja da sagde Laila. Jeg har prøvet lidt forskellige vibratorer, og har da også 2 hjemme, en g-punkt og en almindelig.

Lisa sagde at den sidste af de to sexere Laila havde slået, skulle udløse en ordre som skulle udføres, af Jørgen.

7. Ordren Lise fandt på var at Jørgen skulle stå op midt på gulvet. Med bind for øjnene skulle han have slikket pik i 2 x 5 minutter. Når de 10 minutter var gået, skulle han gætte hvem den sidste der slikkede var.

Det var noget af en prøvelse for Jørgen. Midt imens den sidste slikkede, som var hans kone Laila, så valgte Lise, at hun selv godt måtte hjælpe lidt til i legen.

Lise bestemte, så hun gjorde som hun selv ønskede...
Men Jørgen stod distancen og kunne holde tilbage...
Ingen tvivl om, at når Jørgen på et tidspunkt fik udløsning, så ville det være noget der både kunne ses og høres... ja endda naboer, underboer og overboer til lejligheden i Vanløse ville bemærke, at Jørgen var i byen, og havde fornøjelsen af Lise og Laila...

13. På det udførende plan – **Softcore.**

Lise havde en plan, for egentlig havde hun slet ikke lyst til at standse raflingen, eller resten af deres lille leg for den sags skyld... Derfor havde hendes krøllede kunstnerhjerne fundet på en ny lille leg.

De skulle udføre bestemte ting/ordre evt. på tid...

- Raflebægret skulle være omdrejningspunktet.
- Den der slog en sekser skulle bestemme hvilken ordre der skulle udføres af hvem.
- Tiden var maksimum 10 minutter.

Jørgen slog en sekser og bestemte Lise skulle fortælle lidt om sit liv som Slave med hendes Master.
Lise: Vi mødte hinanden i SMil, hvor jeg med det samme var både fascineret, og lidt skræmt, over den fascination jeg havde af ham.
Det at slippe lysten til erotik og sex løs, var befriende, og alligevel blev det lidt for meget, og at det endte med at deres veje måtte skilles, var jo bare sådan det ofte går imellem parter, også i BDSM miljøer.
Min master og jeg havde ikke, som noget af det vigtigste sørget for at vi begge var forventningsafstemte.

Vi skulle begge have afstemt vores forventninger løbende... Vi havde ikke aftalt om Grøn, Gul og

Rød som kode og stop-ord i vores leg, ligesom man mange steder bruger ordet "Cirkus" som et stopord i BDSM, Bondage, eller andre former for sexlege.
Det betød at mine grænser flere gange blev overskredet, sagde Lise. Jeg skulle jo også have haft muligheden for at komme med mit besyv på vores udskejelser og lege. Senere er jeg blevet bevidst om at vi f.eks. kunne have afstemt vores Sex-lege via sms og messenger.

Vi burde imellem vores små sammenkomster, have ophidset hinanden til vi skulle have den næste seance, med foto, film og tekster, hvor jeg endeligt, og som den sidste besked inden vores møde, skulle skrive til min Master, hvad jeg gerne ville have vi skulle "Lege" ved hans næste besøg.

I starten var det super givende og inspirerende, sagde Lise, men det endte altså med de måtte gå hver deres vej ud i det "Sexpositive miljø". Jeg var dog ikke helt færdig i Miljøet, jeg var bare færdig med min Master.

Lise slog en sekser. Lise var nysgerrig på om Laila havde forestillinger om sex med mere end en person: Hvilket køn kunne du forestille dig, spurgte Lise Laila?
Med en smule røde kinder svarede Laila:
Helt klart mest en kvinde, i hvert tilfælde til en start. Måske senere der kan komme en mand med, men umiddelbart mest en kvinde.

Jørgen slog en sekser, og benyttede lejligheden til at få lidt insiderviden, og spurgte Laila om hendes mening om blindflod og bindelege:
Laila fortalte at det bragte hende ind i en anden verden, lidt som at slippe en fugl fri.

De valgte at slutte imens legen var god for dem alle.
Måske havde en enkelt eller 2 af dem lyst til mere, men det er jo vigtigt ikke at overskride grænserne for nogen af parterne, og de er jo også en dag i morgen, eller for den sags skyld bare en anden gang, hvor der var mulighed for at de 3 igen kunne mødes, ses og hygge ......

Omvendt vidste de også alle 3 nu, at det var vigtigt at der ikke lå gemte, glemte og undertrykte fantasier, ønsker og lyster og nagede i sjælen.

Jørgen skænkede glassene fulde, det havde vist ikke længere den store betydning, hvis glas der var hvis.

Det var vist ved at være sengetid for dem alle.
....

Nærheden og ømheden var slående, de sov alle trygt og tungt, alle tre med et lille smil på læberne. De oplevelser de sammen havde haft de sidste dage, ville de aldrig glemme, og særlig afslutningen, hvor de kunne ligge tæt, og være nære med hinanden ville står i særlig skarp kontrast, med andre oplevelser de havde haft, skarp kontrast hos dem alle tre.

13. På det udførende plan – **Hardcore.**

Lise havde en plan, for egentlig havde hun slet ikke lyst til at standse raflingen, eller resten af deres lille leg for den sags skyld..., men der skulle noget mere og andet til.
Lise bestemte at de skulle udføre bestemte ting/ordre på tid.......
Lise havde lyst til at bestemme, måske var hun alligevel lidt Switch... Switch vil sige at man både er Bund, den der ligger under, og Top, den der bestemmer. Med hvilken fordeling man er det ene eller andet, benævnes oftest med f.eks. 50/50 osv..

Ordren der skulle udføres var at Laila skulle varmes op af Lise, og efter hun var varmet op i 20 minutter, som igen var sat med minutur, så skulle Jørgen overtage og penetrere Laila i en missionær stilling, imens Lisa skulle deltage ved at lave facesitting på Laila. Facesitting vil sige at man sætter sig oven på ansigtet af en der ligger nedenunder.
Den stilling skulle Laila ligge, og nyde i 10 minutter hvorefter de skulle holde en lille pause. Det var en vild leg, der ene og alene handlede om sex. Det hele var et eller andet sted meget mekanisk, uden følelser, og alligevel super lækkert.

Lise bestemt at Laila og hun, skulle give Jørgen et dobbelt Blowjob. De skulle sammen ligge og slikke

Jørgen, og teste Jørgen for... om han kunne holde til det i 10 minutter... De måtte ikke bruge hænderne, men kun bruge deres mund.

Kunne Jørgen holde til det..., så ventede der en lille belønning - en belønning der efter en kort smøgpause ville opfylde en drøm... en drøm der er de mange mænds drøm.
Jørgen holdt tilbage og selv om Lisa og Laila, havde gjort deres arbejde efter bedste evne, så var han ikke kommet endnu, men liderlig det var han så ganske bestemt.
Det var vildt lækkert for ham at se damerne nøgne, de havde også kysset hinanden lidt imens de slikkede ham.

Pausen var dejlig og tiltrængt. Den bragte dem alle 3 tilbage i deres normale hjerne, hvor det hele ikke var drevet af lyst og begær.
Nu var der mere rationale, og alligevel var de alle 3 drevet af ret meget liderlighed.

De stod omkring højbordet, de var stadig nøgne. De havde fået et glas af champagnen, og en cigaret have havde de også røget.
De skulle nu rafle, og den der med 3 terninger slog højest var den der bestemte. Var der lighed, så skulle de slå til der var fundet en vinder.

Jørgen slog først 15, en sum der var noget over middel.

Øjnene på Lailas terninger viste 12, og Lisas viste kun 10, så det var Jørgen der bestemte.

Jørgen bestemte at den næste seance skulle bestå af 2 gange 15 minutter.

15 minutter hvor Laila og Lise lå i en 69'er.
Efter 15 minutter skulle han tage den øverste i en Doggy style.
Det var lidt op til damerne, om han kunne udholde de 15 minutter, eller om han kom inden...

Laila og Lise stod ved højbordet og kælede blidt for hinanden, de kyssede forsigtigt, og langsomt legede deres tunger med hinanden.

Det var som om de varmede op ....

Lise tog Lailas hånd og de gik hen til sengen, hvor Lise med hånden viste Laila, at hun skulle ligge nederst i 69'eren med Lise øverst.
Lise havde besluttet sig for at Jørgen skulle tage hende bagfra når tiden var inde.

Jørgen stod ved højbordet med sit glas vin, og nød synet af de to, der tilsyneladende begge nød hinanden.
Synet pirrede Jørgen, og han fantaserede imens han masserede sin pik. Der var kun gået 10 minutter og Jørgen var klar som nærmest aldrig før, og hans hånd og fingre kunne mærke der var

precum, som han masserede pikken med imens den blev hårdere og hårdere.

De 15 minutter var gået og Jørgen gik langsomt hen til sengen, hvor Laila slikkede Lise, det bedste hun havde lært.

Lise var våd og åben, så åben at Jørgen uden at skulle presse, kunne komme helt i bund første gang, og i et stød med forhuden trukket tilbage kørte han pikken helt ind i Lise, som af begejstring kom med et lille squirt.
Lise kunne ikke holde sig helt oprejst - hendes arme gav efter og hun sank sammen. Hendes ansigt lå i Lailas skød. Lise kom hurtigt til hægterne og Jørgen kunne i rolige bevægelser, køre pikken ind og ud, af Lises varme og våde vagina.

Pludselig klynkede Lise en smule mere, og højere og Jørgen kunne mærke hun sprøjtede på hans pik, og se den våde væske rende ned i Lailas ansigt.
Laila havde ikke prøvet det før, men når hun så sin mands pik køre ind og ud af en anden kvinde, så var det elskovsglæde, og hun slikkede og suttede skamlæber og klitoris, for vildere havde hun faktisk ikke oplevet elskovens glæde og sex.
Jørgen var helt oppe at ringen, og kunne ikke længere holde sig tilbage, og han kom i pulserende stød, og sæden blev i stød afleveret inde i Lise, og det begyndte at løbe ud af Lises

Vulva, og ned i Lailas ansigt.
Jørgen trak sig ud og lod den stadig tykke, men nu en smule slappere pik hænge i tungeafstand over sin kones mund.
Laila kunne ikke lade være, hun lod sin tungespids ramme Jørgens pikhovede, hvor kontakten mellem tunge og pik, udløste endnu et pump af sæd ud af pikhovedet og ned i Lailas mund.
Lise satte sig op, stadig med fissen over Lailas ansigt, hvor de sidste rester af sæd nu nærmest løb ned i Lailas ansigt.

Lise steg ned fra Lailas ansigt, og gav sig til at kysse hende, og slikke hendes våde ansigt rent for de våde væsker som hun selv og Jørgen havde afleveret.

Jørgen gik tilbage til højbordet og betragtede de to nyde hinanden.
Jørgen skænkede glassene fulde, det havde vist ikke længere den store betydning, hvis glas der var hvis.

Det var vist ved at være sengetid for dem alle. ...

Nærheden og ømheden var slående, de sov alle trygt og tungt, alle tre med et lille smil på læberne.

De oplevelser de sammen havde haft de sidste dage, ville de aldrig glemme, og særlig afslutningen, hvor de kunne ligge tæt, og være nære med hinanden ville stå i særlig skarp kontrast, med andre oplevelser de havde haft i det sexpositive miljø. Kontrasten var skarp hos dem alle tre. Måske var der grobund for et mere varigt forhold de 3 imellem...

14. Alt godt har en ende - En ende som er starten på noget nyt og forhåbentlig spændende.

De havde alle 3 sovet længe, men var jo nok også faldet lidt sent i søvn, og dagen i går havde taget på kræfterne, med massere af dejlige oplevelser.

Det var en dejlig måde, hvorpå de sov sammen og havde nærheden og ømheden.

De vågnede langsomt Lise var den første, og hun benyttede lejligheden til at snuppe badet før nogen af de andre.

Laila og Jørgen var vågnet da Lise kom tilbage fra badeværelset. Det var tydeligt at de ville hinanden på en anden måde nu.
Den her tur til København havde været et frisk pust i deres ellers ret så kedelige leverpostejfarvede liv med "Nå, Hvad så, Kartoffel og Frikadelle-tilværelse".

Lise havde egentlig lyst til efter det dejlige bad, at springe under dynen. Dels frøs hun en smule i den efterårskolde lejlighed, dels havde hun nydt det nærvær, og den tryghed natten havde givet hende, ved at være så tæt på, og sammen med andre mennesker igen.

Laila løftede dynen og rakte hånden frem mod Lise – invitationen ved åbenlys, og Lise greb dem, hun krøb ind under den varme dyne, der var dejlig varm. Det var trygt at være sammen med mennesker, som hun følte sig rigtig tryg ved – det var mange år siden den følelse havde været dybt inde i hende hjerte.

Da de skiltes var det med en tydelig aftale om, at det her bestemt ikke var sidste gang, de var sammen på den her måde. De ville alle 3 have mere...